그곳과 사귀다

그곳과 사귀다

펴 낸 날 | 2013년 1월 7일 초판 1쇄
　　　　　2013년 2월 28일 초판 2쇄

지 은 이 | 이지혜
펴 낸 이 | 이태권
책임편집 | 송수남
책임미술 | 정혜미
펴 낸 곳 | (주)태일소담
　　　　　서울시 성북구 성북동 178-2 (우)136-020
　　　　　전화 | 745-8566~7　팩스 | 747-3238
　　　　　e-mail | sodam@dreamsodam.co.kr
　　　　　등록번호 | 제2-42호(1979년 11월 14일)
　　　　　홈페이지 | www.dreamsodam.co.kr

ISBN 978-89-7381-298-1　03810

그곳과 사귀다

소담출판사

- 그만큼 -

터벅터벅 걸음이 어울리는 길 위의 음악, 우울하지 않을
만큼 흐린 구름의 색, 당신을 떠올리지만 그립지 않을
정도의 추억, 어제와 다르지만 낯설지 않은 내 감정.
이것들이 사방으로 떠돌다 신기하게 한 점에서 만날 때가 있다.
그날들의 기록.

Contents
plus green

헬싱키 작은 동네에는 주먹밥이 주메뉴인, 지극히 평범한 식당이 있다. 주인 사치에가 덩그러니 외롭게 음식을 만들던 곳에 점점 '이야기'가 피어난다. 세계지도에 손을 콕 찍은 곳이 핀란드여서 여기까지 왔다는 손님, 대뜸 〈독수리 오형제〉 주제가를 흥얼거리는 손님, 그들의 이야기들. 영화를 보는 내내 카모메 식당은 장면마다 다른 식당이 되어 있었다. 누가 그곳을 찾느냐에 따라, 어떤 이야기가 스며드는지에 따라. 이야기 덕분에 그 작고 평범한 식당은 특별한 장소가 되고, 어디에나 있는 주먹밥도 꼭 한 번 먹어보고 싶은 메뉴가 된다.

화려하지도 않고 유명하지도 않지만 같은 카페만을 꾸준히 가는 사람이 있다. 잘 닦인 길도 아니고 보이는 거라곤 돌과 풀뿐이지만 어느 골목길에 매료된 사람도 있다. 그 지루해 보이는 사람이 나다. 나는 그 안에 담긴 이야기에 매료된다. 그 이야기들 덕분에 매일이 다르다. 그래서 하나하나, 천천히 그들과 만나기 시작했다.

내가 사귄 사람은 그리 특별하지도, 그리 멋있지도 않았다. 아주 자주 만났지만 매일 느낌이 같지 않았다. 어쩜 만난 날만큼 다른 느낌이 존재했을지도 모른다. 그러면서도 늘 한결같았다. 그래서 난 그 사람과의 사귐을 꽤 오래 지속하고 있고 이제 그 데이트들을 공개하려 한다.

내가 사귄 사람은, 바로 '50개의 공간'이다. 공간 이름 앞에 화려한 형용사를 붙이기에도, 아기자기한 수식어를 선물하기에도 이 공간들은 너무 평범하다. 큰맘을 먹고서 찾아야 하는 곳도 아니고 특별히 시간을 내서 만나야 하는 것도 아니다. 그래서 오랫동안 나와 사귈 수 있었는지도.

누구나 사귈 수 있는 공간이지만 쉽게 사귀기엔 아깝다는 생각이 들기 시작했다. 어제와 오늘 같은 곳을 가도 공간은 내게 다른 이야기를 들려주었고, 그곳에서 사람들을 만나며 공간은 내게 단순한 '곳'이 아닌 '이야기'가 되기 시작했다. 그 안에 담긴 메시지, 소리가 들렸다. 내가 왜 그곳을 다녀오면 이상하게 마음이 시렸는지, 왜 그곳을 갈 때마다 다른 사람을 만나는지, 왜 자꾸 그곳이 그리워지는지 이 모든 것은 '이야기'가 있기 때문이었다. 쉽게 사귈 수는 있지만 쉽게 사귀기엔 아깝다는 생각이 든 이유이며, 그 생각이 들면서 몇 자씩 끼적이기 시작했다.

이 책은 그 몇 자의 기록이다. 공간의 이름들로는 전혀 매력적이지 않을지 몰라도, 그 공간이 들려주는 이야기들은 그 무엇보다 찬란하고 따뜻하다. 그 찬란함과 따뜻함이 오늘도 그곳을 찾을 당신에게 전해지길 바란다.

-어제와 오늘 '같은 카페'에 있지만,

어제와 오늘의 '이야기가 다른 카페'에서

Part. One 가장 솔직한
'마음'을 주고받는 곳

누군가 나에게 건넨 말에 설레기도 하고 나 혼자만
마음을 표현하다 아파지기도 한다. 또 좋아하는
사람에게 마음을 표현하며 내가 더 행복해지기도
한다.

생각해보면 나를 가장 쉽게 바꾸는 것은 '마음'이라는
공이다. 공이 높이 튀어오를 땐 즐겁다가 갑자기
바람이 빠져 내려앉을 땐 한없이 슬프기도 하니까.
머리가 나를 제압할 수 있을 법도 한데, 항상 내
상태를 들켜버리게 하는 것은 '마음'이었으니까.
누군가와 마음을 주고받으며 서로에게 맞춰가는
과정에서는 이성적인 머리가 필요하다 해도, 서로
일단 알기 시작한 그 시초는 마음이었다. 마음을 한
조각만 떼어주고 싶어도 다섯 조각을 주고 있는 나,
마음을 받을 때 아무렇지 않은 척을 해도 헤벌쭉 웃고
있는 나를 볼 때면 이 마음이라는 것이 그냥 나의
전부 같다. 이성을 조절하지 못하는 것, 그냥 나인
것이 마음이다.

우리가 아프기도, 설레기도, 또 행복하기도 한 건
누군가에게 마음을 전하고 있다는 증거다. 내 마음을
슬쩍 보여주는, 혹은 과감히 보여주는 공간들.

테이크아웃 커피점

01
Place

가장 뜨거운 마음을 전하는 곳

나 속상해요.

누가 내 맘을 만졌을 때 차갑다는 것을 느껴주었으면.

나 설레요.

누가 내 맘을 만졌을 때 뜨겁다는 것도 느껴주었으면.

마음에 온도가 있다면 촉각으로 느끼고 싶어요.

뜨거운 내 마음이 당신의 차가운 맘도 녹이도록.

　정류장에서 그를 기다리던 날. 겨울바람은 쌩쌩 불고 정류장엔 사람도 몇 없었다. 조금 늦는다는 그의 말에 어떻게 시간을 보낼까 하다가 근처 카페로 들어갔다. 카페에 앉아 몸을 녹이고 흐르는 음악을 들으며 그와의 데이트 계획을 세웠다. 무엇을 할까, 어디를 갈까, 제일 따뜻하게 보낼 수 있는 방법은 무엇일까…… 누군가를 기다리는 시간은 참 행복하다. 누군가를 기다리는 동안 나도 모르게 읊게 되는 시 구절이 있다. '네가 오기로 한 그 자리에 내가 미리 가 너를 기다리는 동안 다가오는 모든 발자국은 내 가슴에 쿵쿵거린다. 바스락거리는 나뭇잎 하나도 다 내게 온다.' (황지우 〈너를 기다리는 동안〉에서)

　장소가 어디든, 기다리는 동안은 나를 지나는 사람 모두가 나를 향해 오는 기분이다. 저 멀리서 오는 사람이 내가 기다리는 사람이 아닌 걸 알아도 혹시 머리 모양이 변했을 수도 있다고 괜히 눈을 크게 뜨고 보게 된다. 덕분에 제 갈 길을 잘 가는 사람이 괜히 내게 실망감만 안겨주지만. 약속 장소에서 한참을 기다리게 됐을 때 지루하지 않게 시간을 보내는 나만의 방법이 있다. 만날 사람의 옷과 신발 상상하기, 와서 처음 나에게 건넬 첫마디 상상하기, 나와 나눌 대화 리스트 적기. 이런 혼자놀이를 하다 보면 시간이 훌쩍 지나간다.

　그날도 카페에 앉아 나만의 방법대로 기다렸다. 그는 초록색을 좋아하니까 초록색 목도리를 둘둘 감고, 후드 티셔츠를 입고 올 거라는 예상과, 약속을 늦췄으니 만나자마자 첫마디는 "늦어서 미안"이겠지? 그리고 오늘은 추우니까 밖을 걷는 것보다 실내 공연이나 전시회를 보는 게 낫겠다는 계획까지. 라떼 한 잔을 놓고 이런저런 생각을 하다 보니 누군가를 생각하는 따뜻함이 그대로 손에 전해졌다. 좋은 맛, 좋

은 생각, 좋은 음악이 있던 그날이 참 행복했다.

올 때가 다 되었다는 그의 연락을 받고 카페 밖으로 나갔다. 정류장에서 그를 기다리는데 문득 테이크아웃 커피점이 눈에 보였다. 내가 조금 전 느꼈던 뜨거운 라떼의 맛, 따뜻했던 순간을 그에게 선물해주고 싶었다. 너를 기다리는 동안 참 뜨겁고 따뜻했다고. 테이크아웃 커피점에서 커피 한 잔을 주문해 정류장으로 오자 그가 환하게 나를 반겼다. 다행히 내가 마신 라떼보다 그 커피가 훨씬 더 뜨거웠다.

"우와! 손 시렸는데 따뜻하다." 한 마디를 툭 내뱉고는 커피를 한 모금 마셨다. 서둘러 컵을 쥐는 걸 보니 손이 시렸나 보다. 두 손을 가만히 갖다 대고 좋아하는 표정을 보니, 마치 내 따뜻한 마음에 손을 얹고 있는 듯 보였다. 내 뜨거운 마음을 이렇게 쉽게, 간접적으로 전할 수 있는 '움직이는' 커피가 있어서 참 다행이었다. 둘 다 카페 안에서 맛봤다면 몰랐을 이 뜨거움을 말이다. 아, 그러고 보니 그날 내 예상은 틀렸다. 그의 첫마디는 "우와! 손 시렸는데 따뜻하다"였다.

{ 테이크아웃 커피점에서 만난 Her story }

"지금 점심시간이에요. 밥 먹고 직원들 커피를 사러 왔어요. 카페에 와서 다 같이 커피를 마시는 것도 좋은데 때론 이것도 괜찮더라고요. 커피를 들고 가서 휴게실에서 마시면 또 그 맛이 특별해요. 카페에서 먹는 것과는 좀 다르지만. 제 친구는 테이크아웃이 그래서 좋대요. 차 안에서 그 카페 커피를 마시면 일단 특유의 맛에 카페에 온 것 같으면서도 누군가와 단 둘이 차 안에 있어서 오붓하대요. 처음엔 이해를 못 했는데 좀 알 것 같기도 해요. 병원에 있는 직원들은 예약이 많을 때 카페에 갈 여유도 없거든요. 그럴 때마다 테이크아웃 커피를 가져다주면 잠시나마 카페 향을 느끼는 것 같아요. 카페가 아닌 길거리에 있어도 테이크아웃 커피만 손에 있다면 코와 입이 그 카페에 있을 수 있는 것. 테이크아웃 커피의 힘이죠. 지금도 다들 이 커피 기다리고 있을걸요?"

강현정(27세, 간호사)

{ 테이크아웃 커피점에서 만난 His story }

"기다리는 사람이 안 오네요. 좀 늦는다고 문자 메시지가 오긴 했는데 혼자 있으려니 부끄럽기도 하고. 기다리다가 테이크아웃 커피점에서 커피 한 잔을 샀어요. 친구가 오면 두 잔을 사서 근처 공원에 갈까 했는데 먼저 한 잔 마셔야겠어요. 저는 유별나게 테이크아웃 커피점을 좋아해요. 작은 테이크아웃 커피점이 예쁘기도 하고 길을 지나는 사람들에게 커피 향을 맡게 해주니까 좋아요. 또 테이크아웃 커피점은 누군가를 위한 선물 같은 곳이에요. 밖에서든 어디든 누군가가 도착하자마자 손에 커피를 안겨줄 수 있다는 것, 그것이 기뻐요. 다른 선물보다 왠지 모르게 뜨거운 마음을 '갓 준비한' 그런 느낌이라고나 할까요? 테이크아웃 커피점이 없었다면 연인을 위해 커피를 들고 기다리는 영화 속 한 장면도 없었을 테고, CF 속 아름다운 장면도 없었겠죠? 테이크아웃 커피점은 커피 선물점이에요." **김정훈**(32세, 회사원)

테이크아웃 커피점은 말한다,

누군가를 위해 테이크아웃을 하세요,
뜨거운 마음을 꽤 쉽게 전할 수 있어요.

02
Place

팬터마임 공연장
말하지 않아도 아는 곳

왜 질문에 답이 없느냐고요?

당신은 내게 자꾸 물었죠. 내가 답답한가요?

어떤 단어를 가져와야 하는지,

어떤 문장으로 마침표를 찍어야 하는지 모르겠어요.

대신 내 눈을 바라봐요.

손짓을 지켜봐요.

"저 사람 눈, 정말 슬프지 않아? 눈만 봐도 슬퍼." 팬터마임 공연 주 인공을 보던 관객이 말했다. 분명 재미있는 팬터마임을 하고 있는데, 나는 웃느라 정신이 없었는데 왜 그 여자는 슬픈 눈을 봤던 건지 한 참을 생각했다.

몇 년 전, 도전했던 무언가에 실패하고 혼자 실망했던 때가 있었다. 어린 나이에 너무 희망만을 품고 지내왔던 건지, 꿈이 있으면 하루하 루가 새로울 거라 믿었던 나는 다시 어떤 꿈을 꿔야 할지 몰라 휘청거 렸다. 그때 이틀 동안 방에만 있던 내게 아빠는 아무 말도 하지 않고 그저 묵묵히 보고만 계셨다. 그러다 사흘째 되던 날, 억지로 방문을 열자 아빠는 내게 다가와 아무 말 없이 어깨를 톡톡 쳐주셨다. 힘내라 는 말도, 세상은 희망적이라는 말도 한마디 없었지만 난 왠지 다시 일 어서야 할 것만 같았다. 손동작에서 느껴지는 가장 큰 응원, 우리 아 빠는 팬터마임 배우였고 난 유일한 관객이었다.

세상이 팬터마임 공연장 같다면 어떨까 생각했다. 애써 감정을 말 하지 않아도 내 기분을 알아주는 이가 있다면, 아무 말도 하기 싫은 날 팬터마임으로 표현할 수 있다면 말이다. 말 대신, 감정이 그대로 담 긴 목소리 대신, 서로 눈만을 바라보는 그곳에서, 우린 어쩜 너무 직접 적인 소통에 익숙해져 있는 건 아닌지 생각했다. 웃고 있어도 슬픈 그 사람의 감정을 몰랐던 건 아닌지, 말투만으로 그 사람의 상처까지 짓 눌러버린 건 아닌지. 문득 내 주변 사람의 눈빛, 손짓, 발짓 그 모든 것 이 절실해졌다. 팬터마임 공연장은 말소리가 들리지 않기에, 말이 아 닌 다른 무언가로 자신의 감정을 표현하는 곳이기에 그 사람의 내면 을 바라볼 수 있다. 몸짓이 바뀔 때마다 흔들리던 배우의 볼살, 긴장

할 때마다 나타나는 눈 밑의 흔들림, 그리고 이마에 흐르는 땀까지 기억난다.

어쩜 내 옆에서 항상 말을 걸어주는 그 누군가에게 너무 소홀했을지도 모른다. 말로만 모든 것을 이해하려 했는지도.

누군가가 나에게 말을 건다. 귀뿐만 아니라 내 손과 발과 가슴 모든 것을 열어봐야겠다.

{ 팬터마임 공연장에서 만난 Her story }

"공연장인데 팬터마임을 하는 데라서인지 조용하네요. 명동 길거리 한복판이 이렇게 조용한 순간도 없을 거예요. 원래 시끄러운 공연을 좋아하는데 팬터마임 공연을 보다 보니까 배우들에게 집중하게 되네요. 배우들 표정, 손짓들을 보지 않으면 내용을 이해할 수가 없으니까요. 친구랑 같이 봤는데 저랑 다르게 해석을 하네요. 저는 분명히 저 남자 배우가 기분이 언짢은 연기를 하는 것 같은데 제 친구는 저게 설레는 마음을 표현하는 것 같대요. 말을 하지 않으니까 더 매력 있는 공연이네요." **이진민**(26세, 취업 준비생)

{ 팬터마임 공연장에서 만난 His story }

"두 달쯤 됐어요. 페스티벌 기간이 시작될 때 배우 모집을 한다고 해서 지원했다가 꿈을 이뤘어요. 원래 뮤지컬 배우가 꿈이었는데 어느 순간 팬터마임이 좋더라고요. 팬터마임 공연은 연습실도 조용해요. 그게 매력이에요. 말을 하지 않아도 서로 지금 어떤 장면을 연습하고 있는지 알아요. 그래서인지 배우들과 더 친해져요. 속내를 알아야 함께 무대에 설 수 있거든요. 사람의 진심을 알기 위해 노력해요." **강미래**(29세, 배우)

팬터마임 공연장은 말한다,

때론 아무 말 하지 말고 상대방을 이해해보세요.
음성 대신 그 사람의 눈가 주름, 숨소리, 손짓에
집중하다 보면 우리가 몰랐던 그 사람의 속내가
보일지도 모릅니다.

03 노래방
Place

웃고 우는 광대들과 행복한 곳

그날을 기억하나요?

멋진 말을 툭툭 던져서 내가 감동했잖아요.

그런데 살며시 부끄럽게 당신이 고백했죠.

사실 노래 가사를 읊은 거라고.

그래도 괜찮아요.

그 노래가 당신 마음이라면.

　나에겐 광대 같은 이들이 있다. 자신의 기분이 어떤지는 관심도 없고 지극히 내 기분에 자신을 맞추는 광대들. 내가 즐거우면 그들도 마냥 즐겁다가, 내 눈이 슬퍼지면 금세 눈물을 흘리는 광대들. 가끔은 그들이 거짓말쟁이처럼 보일 때가 있다. 사람과 사람이 만나 정확히 50 대 50으로 마음을 나눌 수 없다는 것을 알면서도, 그에 상처 받는 어린아이 같은 나를 위해 그들은 기꺼이 어린아이가 되어준다. "나도 그래", "사람 마음이 참 어렵지?"라며, 꽤 마음 조절을 잘하는 그들도 나와 같은 사람인 '척'을 한다. 나와 같은 사람인 척하며 날 위로해주는 걸 알면서도 난 또 위로를 받는다. 방 안에 있는 화분이 죽어가다가 다시 살아났다며 천진난만하게 웃는 날 보며 그들은 또 더 천진난만해진다. "다시 살아나면 절대 안 죽는대"라는, 말도 안 되는 말을 해주며 나보다 더 기뻐해준다. 참, 광대 같다는 말로도 표현이 안 되는 그들 앞에서 난 감정 표현에 더 솔직해진다.

　내 감정이 평소와 좀 다를 때 광대들이 날 데려가는 곳이 있다. 내 기분에 딱 맞는 가사를 찾아 자기들끼리 막 고르고 번호를 누르고 노래를 불러준다. 꽤 자주 노래방을 찾는 걸 보면 자신들이 '척'을 할 수 있는 말에도 한계가 있는 것 같다. 내가 사람에 다쳤을 땐 그보다 더 심한 상처가 밴 노래를 불러주고, 넘치는 행복을 주체할 수 없을 땐 저 끝까지 가보라며 날 더 신나게 하는 노랠 불러준다. 신기하게 광대들의 '척'하는 말보다 노래가 더 위로가 될 때가 있다. 멜로디를 넣어서인지, 아니면 그들이 하는 말이 '척'임을 너무 잘 알아서인지. 때론 추슬러왔던 감정이 슬픈 가사에 팍 터져 펑펑 울 때도 있고, 감정을 주체하지 못해 신나게 몸을 흔들어댈 때도 있다. 광대들은 그렇게 내 기분을 확 맞춰준 후에 숨을 헐떡인다. 그들도 숨겨왔던 감정들을 솔직하게 풀어내서 그럴 수도 있고, 아니면 말로 하는 '척'보다 노래로 하는 '척'이 몇 배는 더 힘들어서 그럴 수도 있다. 내가 너무 이기적인가? 그래도 나는 광대들의 공연을 보고 싶어서, 또 나도 함께 공연을 하고 싶어서 슬플 때나 기쁠 때나 그들을 부른다.

{ 노래방에서 만난 Her story }

"너무 시끄러웠죠? 남자에게 차인 친구들끼리 왔어요. 아무 눈치 안 보면서 맘껏 소리를 지를 수 있는 데가 노래방인 것 같아요. 노래를 잘 부르든 못 부르든 그냥 소리를 질러요. 원래 가사가 예쁜 노래들을 좋아해서 저희들 다 조용한 노래들을 불렀거든요. 근데 오늘은 다들 복수하겠다, 좋은 사람 만나라, 그런 노래들만 하고 있네요. 고르는 노래들마다 속이 시원해지는 가사들이에요. 노래방 아니면 어디 가서 이런 노래들을 하겠어요. 친구들 생일에도 우울한 날에도 우린 노래방에 와요. 노래방 멤버들은 같지만 매번 부르는 노래 장르가 달라요. 기분에 따라, 컨디션에 따라 노래를 골라서 그런가 봐요. 노래라는 게 신기해요. 가사나 멜로디에 따라 내 기분을 거기에 풀 수 있어요. 어떨 땐 오롯이 내 노래 같은 기분도 들고요. 저기 옆방에는 달콤한 노래들이 들리네요. 저쪽은 오늘 행복한가 봐요." **박민희(24세, 카페 운영)**

{ 노래방에서 만난 His story }

"우리 딸 졸업식 날이에요. 친구들과 재미있게 보내라고 했더니 가족과 보내야 한다고 해서 왔어요. 제 딸에게 이런 재능이 있는지 몰랐어요. 조용한 아이인 줄 알았는데 춤도 잘 추고 음도 잘 타네요. 노래방에 진작 데리고 올걸 그랬어요. 가끔 동기들을 보면 조용하던 친구들이 노래방에서 백팔십도 변하더라고요. 처음엔 술의 힘이라고 생각했는데 오늘 보니까 노래방이 꽤 묘한 곳인 것 같아요. 빠른 멜로디에 조용했던 친구가 전혀 다른 사람이 되는 걸 보면요. 노래방에 오니까 그 노래에 자신을 맡기게 되는 것 같아요. 좋네요. 이렇게 평소와 다른 모습으로 노래에 물든다는 것이." **황정모(52세, 자영업)**

노래방은 말한다,

발라드? 댄스? 뭐든 좋아요.
내가 어떤 사람이든 노래방에선 노래에
나를 맡겨 감정을 분출하세요.

04 놀이터
Place

어른들은 따라 할 수 없는, 아이들의 방식대로 사는 곳

매일 같은 시간에 나처럼 슈퍼에 들르네요.

그쪽도 매일 아침 출근하기 전에

나처럼 주스 하나씩 마시나 봐요.

당신을 잘 아냐고요?

아니요, 이름도 혈액형도 좋아하는 것도 아무것도 몰라요.

꼭 이것저것 알아야 친구인가요, 뭘.

　그녀는, 그러면 안 되는데 자꾸 사람들을 대하는 게 힘들다고 했다. 자신과 조금 맞지 않더라도 이해하고 그러려니 받아들여야 하는데 머리로는 이해를 못 하겠다면서. 그녀를 보며 사람과 사람이 만나는 것이 참 '흔하다지만', 서로 만나 마음을 나누는 일은 어쩜 이렇게 '흔할 수 없을까' 하는 생각이 들었다.

　내가 그녀에게 내린 처방은 '외국 여행'이다. 사람과의 인연이 시작된 곳은 꽤 여러 곳이었지만 내가 가장 편안하게 인연을 맺었던 시간은 외국 여행 중일 때였으니까. 여행 중 만난 사람들은 어디에서, 어떤 이유로 이곳에 왔는지 서로 알지 못한다. 나와는 전혀 다른 삶을 살았을 수도 있다. 매일 보고 듣는 뉴스 소식도 다르고 먹는 것, 듣는 음악도 다르다. 공통점이라면 서로의 국가에서 유명한 연예인 정도랄까. 서로 편하게 다가갈 수 있었던 건 일단 서로에게 '외국인'이라는 신기함 때문이었을 거다. 나에게 한국은 어떤 곳인지 묻고, 나 또한 멜버른이 어떤 곳인지 물어가며 서로 처음 듣는 이야기들을 나눴으니까. 하지만 조금 슬픈 이유는 '다시 만나기 힘든 사이'이기 때문이다. 물론 친구가 되어 다시 만날 순 있지만 '여행객'이라는 단어는 일단 오랜 시간을 할애해주지 않는다. 짧은 시간 동안 서로에게 좋은 존재로 기억되고 싶어 하고, 그래서 최대한 서로에게 좋은 추억을 만들어주기 위해 노력한다. 참, 짧지만 깊고 뜨거운 시간이 될 수 있다.

　그녀에게도 이런 이야길 들려주며 아무 '조건' 없이 사람을 대하는 법과 짧은 시간이 주는 인연의 소중함을 느끼고 오라고 했다. 그녀를 다독이고 집으로 오는 길에 어린아이들을 마주쳤다. 놀이터에서 흙을 만지고 그네를 타며 방긋 웃고 있는 아이들. 아이들은 "어느 학교 다녀?" 질문을 서로 주고받으며 두세 개 질문만으로도 친구가 되었다. 그네를 서로 밀어주고 숨바꼭질을 하며 손을 잡기도 하고 옷에 묻은 흙을 털어주기도 하면서. 그리고 조금씩 어두워지자 "안녕"이라는 인사를 하고선 각자 집으로 돌아갔다. 그 모습을 가만히 바라보며 사람과 사람이 만난다는 것에 어른보다 아이들이 더 의젓한 의미를 두고 있구나 생각했다.

아, 그냥 흙과 미끄럼틀만 있으면…… 서로 마음을 나눌 곳만 있다면 인연이 될 수 있구나.

{ 놀이터에서 만난 Her story }

"집에 갈 시간이 됐는데 애가 갈 생각을 안 하네요. 금세 또 친구들을 사귀어서 집에 가기 싫은가 봐요. 어쩌나 그렇게도 쉽게 친구들을 사귀는지. 놀이터에 오면 정말 아이들이 제 세상처럼 뛰어다녀요. 바닥은 흙이니 넘어져도 다치지 않으니까 맘껏 뛰고, 또 주변엔 놀이 기구들이 많고 보이는 건 또래 친구들이잖아요. 제가 생각해도 아이들에게 놀이터는 천국 같아요. 어제는 놀이터에서 한 시간 놀다 오더니 여자 친구가 생겼다는 거예요. 놀이터에서 만난 꼬마 여자애랑 노래를 부르면서 놀다가 결혼하기로 했대요." **남민지**(30세, 주부)

{ 놀이터에서 만난 His story }

"어쩜 놀이터는 항상 이렇게 시끄러울까요? 아이들이 노는 곳이라 그렇기도 하지만 서로 벽이 없는 것 같아요. 조금만 어른이 되어도 서로를 파악하거나 눈치를 볼 땐 조용해지잖아요. 그런데 아이들은 그런 게 없는 것 같아요. 그냥 서로 보이는 것만 믿고, 이야기하고." **김석도**(23세, 학생)

놀이터는 말한다,

가끔은 아무 조건 없이 사람을 만나
이야기하고 마음을 나누세요.
언제 또 만날지 몰라도 그 시간만큼은
우리의 세상이 될 겁니다.

05
Place

결혼식장
또 하나의 관계가 생기는 곳

내 수첩, 내 가방, 내 인형. 모두 내 것들이에요.
하지만 가끔은 말이에요.
내 수첩에 당신이 편지를 남겨줬으면 좋겠어요.
내 가방에 당신 물건이 하나쯤은 있었으면.
아직도 모르겠나요?
당신의 사람이 되고 싶다는 뜻이에요.

난 상대가 누구인지에 따라 다른 사람이 되는 것 같다. 자꾸 '아이'라 부르는 부모님 앞에선 한없이 어려진다. 혼자 할 수 있는 일도 괜히 한 번 더 물어보고, 아주 사소한 일을 해놓고 칭찬을 받으려고 자랑을 한다. 상담을 청하는 동생들 앞에선 또 의젓한 언니가 되어 따끔하게 이야기해주기도 하고 방황하는 친구들에겐 길을 찾으라며 현실적인 답을 해주기도 한다. 수많은 관계 속에서 자신도 모르게 사람마다 다른 모습을 보여줘야 한다는 생각이 성격 개수를 하나, 둘, 셋 이렇게 늘렸을지도 모르겠다. 관계, 누구를 만나 누구의 사람이 된다는 것은 '누군가에게 어울리는 사람'이 된다는 걸까.

수많은 관계 중 하나의 '가족'이 된다는 것은 어떤 의미일까. 누군가를 사적으로 만나는 것과는 다르다. 가족이라는 단어가 주는 의미가 크듯 새로운 가족을 만드는 것은 또 다른 인생과 같다.

선배 결혼식을 찾았던 날 수많은 관객 속에서 신부가 울고 있었다. 결혼식을 직접 찾을 때마다, 드라마나 영화 속에서 결혼식을 볼 때마다 항상 울고 있는 신부를 본다. 처음엔 그저 특별한 감정 때문에 우는 거겠지 생각했다. 곰곰이 생각해보니 이것도 '관계'의 문제가 아닐까 싶다. 수많은 관계 속에서 살아오다 '가족'이 된다는 것은 다른 관계보다 꽤 중요한 것이다. "이제 우리 집 식구 아니다"라는 신부 엄마의 말도, 그 말을 하며 눈물을 흘리는 모녀의 애틋한 마음과 그 모녀를 바라보는 아버지의 마음처럼. 결혼식을 찾은 친척도, 친구도, 선후배도, 부모님도 "잘 살아"라는 말을 되풀이한다. 기존의 자기를 잠시 버리고, 아니 버린다기보다 자신의 모습보다 새로운 가족들을 더 생각해야 한다는 의미일 것이다. '가족'이라는 관계는 기존에 우리가 맺은 친구, 직장 동료, 선후배, 이웃이라는 관계와는 분명 다르다. '관계'를 맺는다는 것을 넘어 '살아간다는 것'은 어떤 의미일까. 문득, 내가 이어 가고 있는 수많은 관계들이 단순히 '맺고 있는 것'은 아닐지 생각했다. 함께 '살아가기 위한 관계'가 아니라 그저 '맺는 것'이라면 조금 슬플 것 같다. 그저 맺은 관계를 이어가기 위해 우리가 서로에게 맞추고 있는 거라면.

　나와 네가 함께 '살아가기' 위해 맺는 관계가 결혼식이기에 더 감동적이다.

{ 결혼식장에서 만난 His story }

"기분 좋죠. 결혼이 조금 늦은 편이라 더 기뻐요. 결혼식이 어떤 의미인지는 아직 모르겠어요. 그런데 한 가지 알게 된 건 내 가족이 늘어났다는 느낌? 결혼에 대해 아직 잘 모르지만 내 기쁨을 함께해줄 사람, 내 슬픔을 함께해줄 사람이 더 늘어가더라고요. 결혼 준비 중에 직장에서 안 좋은 일이 있었어요. 원래 좌절을 하면 쉽게 일어나지 못하는 성격인데 며칠 만에 훌훌 털고 일어났답니다. 같이 걱정해준 신부 측 가족의 힘이 컸어요. 부모님 못지않게 더 저를 격려해주셨거든요. 그거 같아요. 가족이 늘어난다는 것, 남이었던 사람들이 결혼이라는 것을 통해 하나가 된다는 것. 지금 신부 배 속에 아기가 있어요. 얼마 전에 소식을 알아서 더 기뻐요." **강혁**(34세, 금융업)

결혼식장은 말한다,

'나'라는 사전에
'우리'가 추가되는 곳.

06
Place

동창회
추억이 있어 즐겁고, 변화가 있어서 흥미로운 곳

나, 많이 변했어요.

우리가 함께일 때보단 많이 약해졌어요. 꽤.

나, 그대로예요.

우리가 함께였던 그 자리에 있어요. 아직.

당신은요?

　과거를 잊지 않는 방법은 여러 가지다. 하지만 과거를 '기억'하는 것
과 '추억'하는 것은 다르다. 기억과 추억이라는 단어의 차이도 있겠지
만 우리의 마음속에 남는 색깔도 다르다. 과거를 '기억'한다는 것이 그
저 잊지 않고 알고 있다는 느낌이 강하다면, 과거를 '추억'한다는 것은
그것이 하나의 이야기처럼 남아 그리워할 수 있다는 뜻 아닐까.

　작은 순간조차 잊지 않고 기억하기를 바라는 나이기에, 과거를 추
억할 수 있는 몇 가지 방법을 생각해본 적이 있다.

　첫 번째, 사진이다. 사진은 지나가면 사라지는 그 1초의 순간을 정
지한 기록이다. 그래서인지 가장 생생하고도 사실적으로 과거를 보여
준다. 하지만 정지된 순간이기에 이어진 이야기가 없는 느낌이랄까. 그
저 기록한다는 느낌이다. 그 무엇보다 사실적이긴 하다.

　두 번째, 글이다. 나는 글쓰기를 좋아한다. 글은 내가 느꼈던 순간
을 수많은 형용사, 부사를 이용해 솔직하면서도 길게 무엇이든 표현할
수 있다. 하지만 약간은 개인적은 느낌이다. 누군가와 함께 표현하는
것이 아니기에 나 혼자 덩그러니 과거에 있는 느낌이다.

　세 번째, 대화다. 이 대화는 물론 누군가와 함께 하는 대화이고, 과
거가 추억이 되는 대화이기 위해서는 과거를 함께 아는 사람과 대화
를 해야 한다. 나의 과거가 지금의 내 현실을 만들었기에 '슬픈' 과거
도 하나의 '과정'이 된다. 이것을 알아주는 사람이 바로 동창이다. 과
거와 현재 사이의 그 공백 기간을 알기에 이야기가 생기고 금세 과거
는 추억이 된다.

　고등학교 동창회에 나갔던 날 우리들 사이엔 과거라는 것이 있었다.
과거를 모두 알고 과거와 현재의 차이를 알기에 우린에겐 이야기가 있

었다. 많이 변한 친구는 과거의 모습과 현재의 모습이 너무 달라 부끄러워했고, 그대로인 친구는 너무 변하지 않음을 부끄러워했다. 과거를 알기에 현재 변화가 있든 없든 그것이 이야기가 되는 것이다. 동창회를 나갈 때마다 들리는 말들이 있다. "그대로야", "그땐 그랬지", "많이 변했네", "그때가 그립다" 등등.

동창회에 있는 사람들은 모두가 서로의 옛날을 안다. 그렇기에 현재가 더 편안하다. 과거를 기억하는 것을 넘어 추억한다는 것은 이렇게 모든 시간을 가치 있게 만들어준다. 함께한 시간들이 있기에 오늘이 어떤 모습이든 추억으로 남길 수 있다.

{ 동창회에서 만난 Her story }

"안 나오려다가 나왔어요. 사실 다 커서 만난다는 게 부끄럽기도 하더라고요. 그런데 깔깔거리다 보니까 좋네요. 나이를 먹었어도 다들 중학교 시절에 멈춰 있는 것 같아요. 변한 친구들도 있지만 대부분 그대로예요. 지금 저에게 질문을 하고 있는 작가도 어릴 때 그대로네요. 말하기를 좋아하고 개성 있는 성격이었는데 역시 글 쓰는 사람이 됐네. 하하. 사실 20대 중반쯤 되니까 순수함을 잃어가는 것 같더라고요. 20대 초반까지는 아이 같은 면이 있었는데 말이죠. 사회에 나가서 고민을 하다 보면 순수했던 때가 그리워요. 일터에서 만난 사람들도 좋지만 때론 정말 마음 놓고 이야기할 수 있는 상대가 필요하잖아요. 동창회에 오면 그런 게 있어요. 동창들을 보면 다시 그때로 돌아간 것 같고, 나도 그럴 때가 있었구나 하는 생각에 웃기도 하고요."

서현미(25세, 서비스업)

{ 동창회에서 만난 His story }

"친구들 동창회에 와보면 어린 시절 이야기가 꼭 나와요. 한참을 웃다가 돌이켜보면 이런 생각도 들어요. 그 친구들은 나에 대해 겨우 몇 가지 아는 것일 수도 있는데 옛날 이야기를 하다 보면 나에 대해 잘 아는 것 같거든요. 다른 장소보다 동창회가 더 편한 이유는 그것 같아요. 너무 많이 생각하지 않아도 되고 그냥 앉아만 있어도 된다는 것." **김국희**(26세, 학생)

동창회는 말한다,

말하지 않아도, 일부러 속내를 드러내지 않아도 내가
원래 그런 사람임을 알아주는 곳.
애써 지금의 나를 보여주려고 하지 마세요.
그냥 동창이라는 단어만으로도
우린 시간을 나눌 수 있어요.

07
Place

생일 파티장

누군가가 태어나줘서 정말 고마운 곳

자주 만나요, 우리.

시간이 없어도 틈을 내서 차 한잔 해요.

하루가 많이 바빠도 안부는 종종 전해요.

그것 봐요.

서로가 있다는 것만으로도

꽤 든든하잖아요.

드라마나 영화에 자주 등장하는 대사가 몇 개 있다. 듣고 나면 진부하기도 하지만 또 마음이 찡해지는 걸 보면 역시 사람 마음은 똑같다는 걸 느낀다. 여러 대사들 중 특히 내 마음을 흔든 대사는 "너 없으면 어땠을까"다. 내가 이 대사를 200퍼센트 신뢰하기 때문이다. 가끔은 말없이 항상 내 곁에 있어주는 가족에게 "내 가족이어서 고마워요"라며 혼자 눈시울을 붉힌다. 엄마는 "내 딸이어서 고마워"라는 말로 나를 더 울리고, 아빠는 "그래, 그래, 안다"라며 나를 꼭 안아주신다. 오빠는 "나도"라고 말하며 짧지만 가슴 깊은 말을 던져준다. 정말 곁에 있어서 고마운 존재들이다. 없으면 어떻게 살까, 정말 한순간도 마음에서 비운 적이 없는데.

친구 생일 파티를 가기 전 축하 카드를 쓰려고 펼쳤다. 평소에 대화를 많이 하니 딱히 쓸 말도 없고 그 친구에겐 글씨로 무언가를 표현하는 것도 어색했다. 어떤 말을 쓸까 한참을 고민하다 딱 한 줄을 적었다. "태어나줘서 고마워."

생일 파티에서 한참을 웃고 즐기다가 "생일 축하합니다, 생일 축하합니다. 사랑하는~" 이 노래를 부르는데 평소에는 아무렇지 않게 듣던 가사가 귀에 들어왔다. 사랑하는 그 사람이 태어나줘서 고맙고 내게로 와준 것이 참 다행이라는 생각이 들었다. "태어나줘서 고마워" 이 한 문장이 적힌 카드를 친구에게 전하자, 친구가 "뭐야, 달랑 한 문장?" 하며 구박을 했다. 그렇지만 항상 전하고 싶은 한 문장이었고 그녀도 알았을 것이다. 그 말에 담긴 의미를 말이다.

누군가가 태어나줘서 고맙다는 건 진부한 말일지도 모른다. 진부한 만큼 정말 많이 해줘야 하는 말이 아닐까. 태어나줘서 고맙다기보다

는 우리가 가족으로, 혹은 친구로 만난 것이 고마운 일인 것 같다. 태
어나줘서 고마운 사람이 있어 오늘도 참 행복하다.

함께할 수 있는 오늘에 감사하고 또 감사해야겠다. 내 모든 것을 알
고 있는 가족들, 다른 장소, 다른 때, 다른 이유로 만났지만 지금 내
곁을 지켜주는 모든 이들…… 정말 생일 축하합니다.

{ 생일 파티장에서 만난 Her story }

"5인방 모임이 있는데요. 다들 직장 생활을 하니까 모임 아니면 만나기도 힘들어요. 오늘은 5인방 중 한 명의 생일이라 모였는데 생일인 친구가 선물부터 궁금해해서 다들 섭섭해하고 있어요. 하하. 사실 원래 생일을 챙기는 편이 아니거든요. 제 생일 때 누가 축하해주면 쑥스럽고, 엄마가 미역국 꼭 먹으라고 말씀하시면 생일이 대수냐고 대답하거든요. 지금은 많이 가까워서 애정 표현하기도 쑥스럽지만 생일 때 케이크에 있는 초 개수를 볼 때마다 친구 나이도 느끼고 소중함을 느껴요. 왜 태어났느냐면서 장난스러운 노래를 부르지만 정말 이 친구들 없었으면 어땠을까 싶어요." **장수민**(27세, 홍보업)

{ 생일 파티장에서 만난 His story }

"오늘 제 생일입니다. 가족들이랑 저녁 식사 하고 친구들과 술 한잔 하려고 나왔어요. 가족들이 축하해줄 때와 친구들이 축하해줄 때 느낌이 사뭇 달라요. 친구들은 좀 과격하게 축하를 해주죠. 생일에 이렇게 축하를 받는 건 2년 만이에요. 1년 반 동안 아일랜드로 공부하러 다녀왔거든요. 물론 거기에서도 친구들이 축하를 해주긴 했지만 저를 오랫동안 본 친구들과 가족이 축하해주는 것과는 다르더라고요. 그때 느꼈어요. 생일이 외로울 수도 있다는 것을요. 외로움을 별로 안 느끼는데 생일 땐 혼자인 게 쓸쓸하더라고요. 생일이 특별한 건 아니지만 나를 진심으로 아껴주는 사람들이 있다는 것을 느끼게 되는 것 같아요. 생일 때 오는 문자 메시지나 전화도 대수롭지 않게 여겼는데 언젠가부터 모두 소중하더라고요. 막상 누군가의 생일을 챙겨주는 게 쉽지 않은 일이잖아요." **김민국**(28세, 구직 중)

생일 파티장은 말한다,

당신이 지금 함께 있음을 감사해하는
이들을 되돌아보세요.
그들의 생일이 없었다면,
그들과 나는 만나지도 못했을 겁니다.

08
Place

영화관
컴컴한 어둠 속에서 더 잘 보게 되는 곳

우리 손을 잡고 음악을 같이 들어요.
대신 음악이 끝날 때까진
잠시 말하지 않기로 해요.

오감이라는 단어, 인간에겐 참 중요하다. 꽃향기도 맡아야 하고, 밤 하늘에 터지는 폭죽 소리도 들어야 하고, 아이스크림의 부드러움도 느껴야 하니까. 볼품없는 길 위 꽃이라도 향기가 없는 조화보다 더 끌 리는 이유는 아마 못생긴 꽃이 가진 향 때문일 것이다.

눈이 보이지 않는 연인의 사랑 이야기를 다룬 영화를 본 적이 있다. 한 번, 두 번, 그리고 세 번 다시 돌려보게 된 영화. 눈물이 뚝 떨어지 는 슬픈 이야기도, 누구나 한 번쯤 상상했을 만한 멋진 외모의 주인 공이 나오는 것도 아니었다. 왜 난 그 영화에 끌렸을까. 그들의 사랑 은 '솔직'했다. 서로에게 상처가 될지도 모르는 말을 툭툭 던지는 그 런 솔직함이 아니다. 그들의 솔직함은 '감각'이다. 후각, 시각, 청각, 촉 각…… 사랑에 이 모든 것이 필요하다면 영화 속 연인들에게는 여느 연인들이 모두 가지고 있는 시각이 없다. 서로의 눈을 볼 수 없고, 서 로 어떤 모습일까 궁금해하지만 위대한 사랑이 그 궁금증을 사라지 게 한다. 여자 친구의 꽃무늬 원피스도 머릿속으로 상상할 수밖에 없 는 남자를 보는 것이 슬펐다. 우리에게 당연히 있다고 믿는, 아니 존재 조차 인식하지 않았던 '오감'이라는 것이 누군가에게는 사랑이다.

오감이 필요한 곳이 어디 사랑뿐일까. 음식을 먹을 때나 음악을 들 을 때, 책을 읽을 때 감각은 많을수록 좋을 것이다. 하지만 내가 잠시 '시각'과 '청각'에만 집중하고 싶은 곳이 있다. 다른 감각은 잠시 없어 도 좋은, 아니 없는 게 더 나은. 그곳이 바로 영화관이다. 어두컴컴한 곳에서 오로지 영상만을 바라보며 그들의 이야기와 영화 속 음악을 듣는 시간. 잠시 내가 현실에서 빠져나와 영화 속 세상을 엿보는 느낌 이랄까. 방에서 비디오를 볼 때와 달리 유난히 영화관에서 눈물, 웃음

이 많은 이유일 것이다. 방에는 책도 있고 화분도 있고 전화기도 있으니 그들이 자꾸 영화를 보는 나를 유혹한다. 그렇지만 영화관에서는 내가 말을 할 수 없기에 영화 속 주인공들의 말에만 오롯이 귀를 기울이게 되고, 사방을 둘러봐도 보이고 들리는 건 영화뿐이다.

슬픈 영화를 보며 우리 둘 다 그야말로 '엉엉' 울었던 날, 그가 나의 손을 꼭 잡아주었다. 서로의 얼굴이 보이진 않았지만 흐느끼는 '소리'만으로 서로의 마음을 읽을 수 있고 체온을 느낄 수 있는 그곳에서 내 손은 더 따뜻하게 느껴졌겠지. 손이 바들바들 떨릴 만큼 슬펐던 순간, 어쩌면 어두운 그 공간이 내게 더 공포감을 줬을지도 모른다. 그때 그 어둠 속에서 나를 꺼내준 것은 그의 손이었다. 이런 것이 바로 눈이 보이지 않는 연인들의 '솔직한 체온'이었겠지?

{ 영화관에서 만난 Her story }

"보고 싶었던 영화가 개봉한다고 해서 왔어요. 딱히 보고 싶은 영화가 없더라도 한 달에 한 번씩은 영화관에 와서 자유를 만끽하기도 하고 그냥 분위기를 즐겨요. 영화관에 오면 마음이 편해지거든요. 어두워서 그런지, 음량 소리가 커서 그런지 복잡한 생각들이 잠시 달아나요. 휴대전화를 꺼놓아야 하니까 그럴 수도 있겠네요. 요즘은 취업 준비 중이라 휴대전화로 실시간 정보를 알아보기 때문에 휴대전화가 은근히 짐이 되나 봐요. 두 시간 정도만 껐다가 켜도 다른 세상에 온 것 같더라고요. 오늘도 영화 보면서 영화에만 집중하다 나오려고요." **백순지**(24세, 취업 준비생)

{ 영화관에서 만난 His story }

"처음 여자 친구 손을 잡은 곳이 영화관 같은데요. 왜 그런 말 하잖아요. 스킨십을 자연스럽게 하려면 영화관에 가라는 말. 처음엔 그냥 조금 음흉하게 받아들였는데 아니더라고요. 하하. 영화관은 주변이 어두우니까 서로 더 의지하게 돼요. 어두운 곳이다 보니 허전한 마음들이 마음을 여는 거 아닐까요?"
이진혁(28세, 사업)

영화관은 말한다,

시각, 촉각, 청각, 후각, 미각……
오감이 필요하긴 하지만 때론 하나를
버렸을 때 나머지 감각들이
더 멋져 보일 수도 있어요.

09
Place

강연장

잠깐 나를 위해서 준비된 이야기를 들려주는 곳

내가 그랬잖아요. 그냥 계속 말을 해달라고.
오늘은 아무 대답 없이 듣겠다고.
잘못됐나요?

겨울밤을 좋아한다. 나뭇가지 사이로 움트는 꽃봉오리, 움이 곧 꽃이 되는 광경을 기대하는 봄밤도 좋지만 내겐 겨울밤이 최고다. 겨울밤의 매력은 '대화하기 좋은 밤'이라는 것. 밖이 너무 추워서 안이 더 따뜻한 밤, 라떼나 홍차를 앞에 두고 누군가와 나누는 대화는 그 무엇보다, 그 어느 순간보다 따뜻하다. 어쩌면 '따뜻하다'는 단어가 제일 잘 어울리는 시간이 겨울밤이라서인지도 모르겠다. 여름밤에 따뜻하면 안 되니까.

'대화'라는 단어는 내가 좋아하는 단어 중 하나다. 대화는 상대와 내가 이야기를 주고받는다는 원칙이 있다. 고개를 끄덕여주고 서로 실시간 댓글을 달아주는 것이 대화다. 꼭 물음표가 붙는 문장이 아니어도 질문이라는 것을 안다. 그러면 나는 대답을 해주고 대답을 들은 상대방은 자기 기분을 표현한다. 대화를 주고받으며 마음을 주고받는 것이다.

그런 내게도 가끔은 대화 대신 '듣기'가 간절할 때가 있다. 말을 하기 싫어서도 아니고 할 말이 없어서도 아니다. 그냥, 그냥 누군가 나를 위해 말을 해주었으면 하는 그런 때. 내 감정을 나누고 싶고, '나만 그런 게 아니구나' 느끼고 싶을 때, 그때 난 강연장으로 간다. 나와 '객석'이라는 곳에 같이 앉아 있는 30명, 100명의 사람들은 모두 한 사람만을 향해 있다. 그 사람의 말에 고개를 끄덕이고, 재미있는 이야기에는 깔깔 웃다가 공감 가는 이야기에는 또 눈물을 찔끔 흘린다.

"그런 적 있잖아요. 그죠?" 강연자가 내게 말을 건넨다. 나는 목이 부러질 정도로 고개를 끄덕인다. 물론 나만이 아니라 꽤 많은 사람이 호응을 한다. 평소처럼 '대화'를 할 때라면 내가 대답을 할 차례이므로 나는 내 감정과 상황, 그리고 조언까지 덧붙여 상대방에게 말을 건넸을 것이다. 하지만 강연장에서는 그러고 싶지도 않고 그럴 수도 없다. 내가 굳이 다시 말을 건네지 않아도 그는 날 위해 계속 이야기를 하니까. 나만을 위한 위로는 아니지만 나는 그렇게 위로를 받는다. 수많은 관중에게 이야기한다고 해도 내 옆에 앉은 관객과 나는 심리, 상황, 성격, 모든 것이 다르기에 같은 강연이 아니다.

  강연장에서 느끼는 '공감'은 대화로 얻는 공감과는 또 다르다. 이 비유가 맞을지는 모르겠지만 마치 친구와 노래방에 가서 애창곡을 함께 부르는 것보다는 애창곡이 들리는 공연장에 가는 느낌이랄까.

{ 강연장에서 만난 Her story }

　　"요즘 유명한 분들의 강연이 많아져서 좋아요. 제가 고등학생일 때만 해도 강연을 들으려면 비싼 값을 내야 한다거나, 대도시에 살아야 한다거나 그랬거든요. 그런데 요즘은 작은 공간에서나 대학가에서도 강연을 많이 하잖아요. 저는 마음이 답답하거나 길이 안 보일 때 강연을 들으러 와요. 멘토라는 단어가 요즘 유행인데 강연장에서는 다양한 멘토들이 이야기를 들려주잖아요. 저랑 대화를 하는 것도 아니고 강연자는 저를 모르겠지만 이야기를 나누는 느낌, 교감하는 느낌이 들어서 좋아요. 그것이 강연장의 매력이죠."

신보리(27세, 학생)

강연장은 말한다,

누군가에게 무언가를 털어놓고 싶은 것이
인생입니다. 하지만 때론 털어놓기보다 누군가가
내게 털어놓는, 건네는 이야기를 듣는 건

어떨까요?

10
Place

산후조리원

내 말 하나하나가 고스란히 전해지는 곳

길을 걷다가 문득 그 자리에 서요.

비슷한 말이 들려서.

이것 봐. 당신이 한 말이 아직 생생해.

그는 시를 좋아했다. 길진 않지만 짧은 한 문장에 담긴 뜻이 좋고, 한 줄씩 떼어 읽어도 그 자체가 시라고 했다. 온갖 미사여구를 동원해 형용사, 부사 쓰기를 좋아했던 나였기에 처음에는 그가 이해되지 않았다. 그가 시를 좋아하면서부터 말이 짧아지고 무뚝뚝해지면서 나는 외로워졌는지도 모른다.

그가 마음을 많이 다쳤던 날이었다. 어떤 노래로 위로해줄까, 어떤 선물을 안겨줄까, 아니면 그냥 정말 안아줄까 생각했다. 한참을 고민해도 답이 나오지 않았던 이유는 너무 긴 이야기가 오히려 상처가 될 것 같았기 때문. 말이 길어지면 그가 눈물을 흘리진 않을까, 이야기를 듣는 것조차 힘들진 않을까 생각이 들었다. 그래서 난 한 편의 시를 골랐다. 세 문장으로 이루어진 짧은 시. 그렇지만 내가 하고 싶은 말이 모두 들어 있었다. 마치 주문이라도 외우듯이. 그 후 나는 꽤 자주 그 시를 읽어주었다. 그 시 하나면 충분할 것 같았다.

봄을 닮은 아기가 태어나 축하해주러 갔던 곳에서 한 여자는 매일 아기에게 같은 문장을 읽어준다고 했다. 내가 그에게 시를 읽어준 것처럼. 아이에게 전해질 거라 믿으며, 지금 자신이 하는 말이 아기에게 하는 가장 진실한 마음이라 믿으며 말이다. 아기를 바라보며 쉬지 않고 자신의 마음을 한 문장에 담아 전하는 그녀를 보며 나에게도 그 마음이 느껴졌다.

"그 이야기는 나중에 해요." 전화를 받을 때에도 혹시 아이가 나쁜 말을 듣게 될까 봐 걱정이라고 했다. 그렇게 전화를 받는 동안에도 조심히 말을 하는 그녀를 보며 어쩌면 우리가 서로에게 아픈 말을 너무 쉽게 하고 있지는 않을까 생각했다. 그냥 툭툭 내뱉는 말이 모두 오롯이 그 사람에게 전해질 텐데, 어쩌면 화살보다 빠른 속도로 상대방 마음에 박힐 텐데, 왜 그렇게 함부로 내뱉는지. 내게 상처가 되는 말은 너무나 잘 감지하면서 내가 내뱉는 말은 상대방이 알아서 가려들을 거라는 속 좁은 믿음이 있는 것 같기도 하다. 내 말 하나가 고스란히 상대방에게 전해진다는 것을 다시 한 번 느끼게 된 순간이었다. 여자는 그곳에 있는 동안 말 한 마디, 한 마디가 제일 소중한 선물이라고 했다. 이곳에서 나갈 때 길거리에서 아이가 듣게 될 나쁜 말, 슬픈 말들이 걱정돼 여기서만큼은 엄마의 진심만을 전해주고 싶다면서.

더 따뜻한 한 마디, 더 진실한 한 마디를 선물해주고 싶다. 내 곁에 있는 당신에게.

{ 산후조리원에서 만난 Her story }

"첫 아이라서인지 제가 더 겁쟁이가 됐어요. 괜히 작은 소리에도 민감하고 지나가는 사람들의 대화도 신경 쓰이거든요. 말이라는 것이 그렇게 중요한지 여기서 깨달았어요. 밖에서 예쁜 말만 쓰는 편도 아닌데, 하하. 아직 아기가 제가 하는 말은 알아듣지도 못하겠죠? 아기는 엄마 표정을 보고 뜻을 이해한다고 하더라고요. 말을 알아들을 수 없으니까 어쩌면 더 말을 따뜻하게 해주어야 하지 않을까요? 아기 덕분에 엄마가 더 배워서 나갈 것 같아요."

전미영(31세, 교사)

산후조리원은 말한다,

버스 옆자리에 앉았던 사람의 대화가 오랫동안
기억되는 것처럼, 내가 그냥 지나가며 하는 말이
누군가에겐 오랫동안 기억될 수도 있어요.
당신의 말에는 기쁨, 슬픔, 우울함 등 어떤 감정이든
분명히 있거든요.

Part. Two   웃기도 울기도 하는,
             여러 감정을 만나는 곳

작은 것에 쉽게 감동하다 더 작은 것에 슬퍼하는
나를 보며 '감정'을 떠올린다. 때론 감동 뒤에 오는
슬픔이 싫어서, 오락가락하는 감정이 싫어서 차라리
하나의 감정만 있었으면 했다. 하지만 기쁨, 슬픔, 감동,
아픔, 뿌듯함, 이러한 '감정'들이 '감성'으로 변하기도
하고 '지루한' 날을 '생생한' 날로 만들어준다는 것을
깨달았다.

하나의 감정이 아니어서, 아주 많은 감정이어서
다행이다. 어제와 오늘의 아침, 밤이 다를 수 있어서
고맙다.

내가 몇 개의 감정을 가졌는지 맘껏 느끼게 되는 공간들.

01
Place

서점
어떤 것을 찾든 그들의 취향이 존중받는 곳

부드러운 라떼도 맛있는데
자꾸 요거트만 먹는다고 당신은 내게 잔소리를 해요.
추워도 요거트, 따뜻해도 요거트.
그런데 난 알아요.
당신은 요거트 없는 곳엔 날 데려가지 않는다는 걸요.
나의 취향, 어쩌면 당신의 취향.

 내 곁에 있는 사람이 무엇을 좋아하는지 알고 싶은 때가 있었다. "어떤 음식 좋아해?", "어떤 배우 좋아해?" 질문을 하며 그 사람에 대해 궁금해하기도 했고, 그러다 좋아하는 것들이 나와 비슷하면 금세 다가가 더 깊은 관계가 되기도 했다.

 디저트 요리를 막 배우기 시작한 친구를 위해 선물을 사러 서점에 들렀던 날, 요리 섹션에서 한참 동안 책을 골랐다. 책을 하나 집어 들고는 내가 좋아하는 섹션으로 향했다. 한창 골목길 여행에 빠져 있을 때라 여행 섹션에 들러 책을 하나하나 보는데 옆 사람이 들고 있는 책이 눈에 띄었다. 얼마 전 내가 빠져들어 밤새 손에서 놓지 못했던 책. 사람들이 거의 알지도 못해 대화조차 나눌 수 없었던 그 책을 그 사람은 바닥에 앉아 읽고 있었다. 또 내가 감동을 받은 골목 사진을 휴대전화 카메라로 찍어대기도 했다. 그 책에 대한 감흥을 나눌 수 있는 사람을 찾아서였을까, 아니면 그저 그 책을 다시 보았다는 것이 짜릿해서였을까, 문득 그 사람에게 말을 걸고 싶어졌다. 전혀 모르는 사이지만 마음이 닿은 것 같은 느낌이랄까.

 서점을 둘러보는데 다정한 풍경들이 가득했다. 운동 섹션에 모여 책을 고르고 있는 사람들을 보니 마치 서로 아는 사람 같았고, 그들의 거리가 참 가까워 보였다. 공통의 관심사, 그들을 자연스럽게 보이도록 하는 취향이다.

 취향을 '알아간다는 것'과 '발견한다는 것'의 차이는 어떨까. 서점 여행 섹션에서 만난 그 사람처럼, 내가 가까이 하려 하지 않아도 마음으로 다가오는 취향이 있다는 것. 그동안 난 이런 사람들을 얼마나 많이 지나쳤던 건지. 내 곁에 있는 사람들과 취향을 맞추기 위해 노력했던 것뿐, 음반 가게에서 나와 같은 음반을 들었던 사람, 인테리어 가게에서 나와 같은 소품을 집어 들고 즐거워하던 사람…… 나와 같은 취향을 발견했지만 나는 그냥 지나쳤던 것이다.

조금만 눈을 돌려보면 나와 같은 것을 보며 웃고 우는 사람이 있을지도 모른다. 오늘은 그 사람에게 말을 걸어볼까? 하루가 꽤 든든해질 것 같다.

{ 서점에서 만난 Her story }

"사람이 그리울 때 서점을 찾아요. 당연히 제가 향하는 곳은 요리 서적 섹션
이죠. 문득 요리 레시피가 생각나지 않을 때 잠시 들러 찾기도 하고, 때론 서
너 시간 그냥 앉아 요리 공부를 하기도 해요. 물론 제 방에는 요리 책이 가득
해요. 국내 요리 서적은 거의 다 있을 정도니까요. 하지만 특별히 서점을 찾는
이유가 있어요. 서점을 찾아 요리 섹션에 오면 저처럼 요리에 관심이 많은 사
람들이 모여 있거든요. 집에서 혼자 책을 볼 때는 나만 이런 걸 좋아하는 건
가 싶어 외롭기도 했는데 여기 와보면 나와 같은 것을 좋아하는 사람들이 꽤
있구나 느끼죠. 저처럼 요리와 관련 있는 직업을 가진 사람들이 아닐지라도 일
단 요리에 관심이 많은 사람들과 함께 섹션에 모여 책을 뒤지다 보면 옆 사람
을 보고 새로운 요리가 생각나기도 하거든요." **이지민**(25세, 요리 칼럼니스트)

{ 서점에서 만난 His story }

"얼마 전에 학교를 휴학하고 취업 준비를 하고 있어요. 머리가 복잡할 때 서
점에 와요. 원래 여행을 굉장히 좋아하는데 취업 준비를 하면서부터는 기차역
에 갈 여유가 없더라고요. 부모님도 걱정하실 것 같고. 제가 요즘 유일하게 여
행을 할 수 있는 곳이 서점이에요. 여행 에세이를 읽으며 피렌체도 다녀오고,
역사 기행을 읽으며 로마도 다녀올 수 있거든요. 마음 같아선 당장 비행기 표
를 끊고 싶지만 그게 안 되니까 일단 글로 할 수밖에요. 책을 좋아하는 사람
은 알 거예요. 책에 빠지다 보면 100년 전으로도 가고 에펠탑 아래에 서 있기
도 하고……. 서점에 와보면 그 사람이 어떤 나라를 여행하고 싶은지 좀 알 것
같아요. 제게 나라별 책들은 그 사람의 비행기 표죠." **남태훈**(25세, 취업 준비생)

서점은 말한다,

당신은 어떤 섹션으로 향하나요?
바로, 당신의 마음이 그곳을 그리워하는 거랍니다.

02
Place

공항
만나고, 헤어지고, 그 모든 기록을 간직한 곳

훨훨 나는 새를 바라봤어요.

원하는 데는 어디든 날아갈 수 있고

보고 싶은 것도 전부 내려다볼 수 있어서 부러워요.

그런데 한 가지 슬픈 건 그 새를 짝사랑하는 다른 새예요.

사랑하는 새가 훨훨 날아가버리면 찾지를 못하니까요.

저 멀리 보이는 누군가를 향해 벌써부터 힘껏 두 팔을 벌리고 있는
여성과, 이미 친구를 보낸 후 외로운 손을 점퍼 주머니에 숨긴 나. 나
와 중년 여성은 같은 공간, 아니 20센티미터 정도의 간격을 두고 정반
대의 상황에 있었다.

그 중년 여성과 나는 두 발이 같은 곳에 있는데 감정이 정반대인 느
낌이었다. 꽤 이상하고도 낯설었다. 같은 곳에 있다고 모두가 같은 감
정을 느끼는 것은 아니지만 바로 옆에서 그 반대의 감정을 느낄 수 있
다니. 자신의 감정을 숨기는 법을 알고 싶다면 이곳이 적당하겠다는
생각이 들었다. 때론 내가 기뻐도 상대방의 슬픔에 더 귀를 기울여야
하고, 내가 슬퍼도 상대방의 기쁨에 손뼉을 쳐주어야 할 때가 있으니
까. 그런 생각을 하던 찰나, 배운 것이 하나 있다. 만남이든 이별이든
결국 끝은 '마음을 다듬는 일, 정리하는 일'이라는 것을. '회자정리(會
者定離)'라는 사자성어가 있듯 결국 사람들은 만나고 헤어지고, 그것
이 사람 관계라면 헤어지든 다시 만나든 마음을 잘 가다듬어야겠다
는 것을 말이다. 나는 친구를 보낸 후 '다시 기다리는 마음'으로 정리
하고, 그 중년 여성은 '다시 만나는 마음'으로 정리했을 테니. 결국 인
연의 끝은 정리, 가다듬는 일이다. 회자정리의 의미를 안다면, 또 다시
만날 것임을 믿고 또 헤어짐에도 익숙해야겠지?

회자정리 네 글자를 마음에 묻은 지 1년 후, 다시 공항을 찾았다.
이별을 경험한 내게 공항은 다시 어떤 의미로 다가올까 궁금했다. 같
은 장소에서 난 '떠난' 친구가 아닌 '돌아오는' 친구를 기다리고 있었
다. 1년 전 내가 만났던 중년 여성처럼 난 그녀를 껴안고 있었고 또 누
군가는 1년 전 나처럼 누군가를 떠나보내고 있었다. 공항에 있으면 게

이트를 나오는 누구든 안고 싶어진다. 참 많이 보고 싶었다는 솔직한
표현. '훨훨' 여기로 날아왔으니.

공항, 누군가를 떠나보내고 또 누군가를 맞이하는 공간. 만남과 헤
어짐, 그 모든 기록.

{ 공항에서 만난 Her story }

"저 모녀는 방금 만났나 봐요. 딸이 유학을 갔다가 방금 입국한 것 같죠? 얼마나 반가울까요. 전 이제 영국으로 떠나요. 오랫동안 고민하다 늦은 나이에 다시 시작하기로 했어요. 자식이 잘되겠다고 가는데 엄마는 왜 저렇게 우는지 모르겠어요. 공항에 같이 오지 말걸 그랬나 봐요. 공항은 묘한 곳이에요. 웃고 떠들다가도 비행기에 오르라는 안내 방송에 사람들이 다들 울어요. 곧 제가 탈 비행기 안내 방송이 나올 텐데 그걸 들으면 엄마도 울겠죠? 집에 돌아가실 때는 혼자인데 위로해줄 사람이 없어서 걱정이에요. 차라리 공항이 누군가를 보내는 사람들만 있는 출국 공간이라면 서로 다 같이 위로할 텐데. 엄마가 많이 허전해하면 어쩌죠? 멋진 딸이 돼서 돌아와야겠어요."

김지민(27세, 의류 디자인업)

{ 공항에서 만난 His story }

"한국은 춥네요. 호주는 지금 여름이거든요. 딱 1년 만에 한국에 돌아온 거예요. 가족을 보니까 눈물이 나요. 힘든 것도 없었는데 왜 눈물이 날까요. 공항에는 묘한 감동이 있는 것 같아요. 입국하는 게이트가 열리는 순간부터 그리웠던 사람들 얼굴을 열심히 찾다 보면 마음이 편안해져요. 또 오랜만에 재회하는 사람들이 많아서 더 극적인 공간인 것 같아요. 저기 보이는 가족은 누가 떠나나 봐요. 우리 가족도 1년 전에 이 자리에서 울었거든요. 그땐 공항이 참 싫더니 입국 날짜가 정해진 날부터는 이 공항이 눈에 아른거리더라고요. 저는 지금 이 순간 공항이 제일 좋아요. 가족을 만났잖아요." **윤명학**(29세, 학생)

공항은 말한다,

헤어지고 만나고 또 헤어지고……
결국 인생은 만남과 헤어짐의 반복입니다.

03 사진관
Place
순간, 찰나의 아름다움을 배우는 곳

우리 아직 해보지 않은 것이 많아요.

함께 여행을 간 적도,

동트는 새벽하늘을 바라본 적도 없어요.

짧은 시간이라도 좋겠어요.

모두 하나씩 가슴에 새겨서

추억 용량이 넘쳤으면 좋겠어요.

기억하고 싶은 순간을 떼어 갖고 있다는 것은 기쁜 일이다. 내게는 자주 꺼내 보는 사진이 있다. 가족과 외국 여행을 갔을 때 넷이 함께 찍은 사진 한 장. 우리 가족 옆에는 외국인들이 지나가고 거리에도 낯선 외국 간판들뿐이다. 내가 이 사진을 좋아하는 이유는 가족의 크기를 느낄 수 있어서다. 외국 여행을 갔을 때 아는 사람이라곤 가족들뿐이었기에 우리 가족은 자유로웠다. 누구의 동생, 누구의 직장 상사, 누구의 외숙모, 누구의 후배를 벗어나 사람간의 관계가 자유로웠다.

그 사진을 인화하려고 사진관에 들렀던 날, 사진관에 걸려 있는 사진을 하나하나 둘러보았다. 사진들 대부분은 아주 행복한 순간을 담고 있었다. 놀이공원 꽃밭에 앉아 있는 아이, 단풍나무 아래에서 웃고 있는 연인, 바다에서 발을 물에 담그고 있는 학생……. 그들에겐 잊고 싶지 않은 순간이었나 보다. 그런데 옆에 낯선 사진이 하나 보였다. 병원에서 책을 읽고 있는 사람의 사진. 어디가 불편한지 환자복을 입고 경직된 자세로 침대에 누워 책을 읽고 있었다. 그 시간이 얼마나 고통스럽고 불편했을까 생각하다가 문득 깨달았다. 나는 왜 우는 사진, 힘들어하는 사진은 남기려고 하지 않았는지 말이다. 웃는 사진, 편안해 보이는 사진은 있는데 시련에 빠진 상황이나 힘들어하는 상황을 담은 사진은 내게 없다. 물론 아픈 순간이 '좋은' 사람이 몇이나 될까. 하지만 그 아픈 순간을 기억할 줄 아는 사람이 되는 건 꽤 멋있을 것 같다. '아픔'을 그저 '아팠던 순간'이 아닌 '수많은 감정 중 아팠던 순간'으로 기억한다면 말이다. 그저 한 번쯤 겪는 다채로운 감정 중 하나인 것으로만. 아픈 순간을 잊지 말아야 지금이 행복한 것도 알 테고 그때를 극복한 나를 또 칭찬해줄 수 있으니까. 그러고 보니 기쁜 순간은

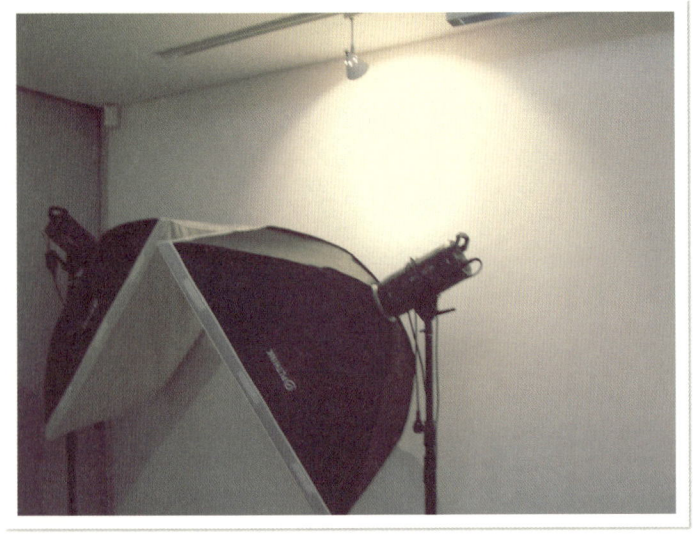

늘 사진을 보며 기억하다 보니 다시 기쁜 순간이 와도 별 느낌이 없고 자꾸 더 큰 행복을 바라게 된다. 하지만 아픈 순간은 기억조차 하지 않으려 하니 아주 작은 아픔이 와도 처음 맞는 아픔처럼 크게 다가오는 것 같다.

사진관에서 순간을 남긴 사람들, 사람들이 남긴 순간을 보았다. 나에게는 어떤 순간들이 있을까. 남기고 싶은 것과 그렇지 않은 것을 가리기보다는 모두를 끌어안아야겠다.

{ 사진관에서 만난 Her story }

"지난주 바다에 가서 사진을 많이 찍었어요. 파란 풍경이 좋기도 했지만 오랫동안 못 올 것 같아서요. 학생이라 시간을 내서 바다에 가는 게 쉽지 않거든요. 그래서 사진을 걸어두고 바다에 가고 싶을 때마다 보려고요. 시간이 아주 없는 건 아니지만 그래도 사진을 찍어두면 바다를 보고 싶을 때마다 맘껏 볼 수 있죠. 사진을 많이 찍는 편은 아닌데 이번에 바다에 가서는 많이 찍었어요. 제가 바다를 무지 보고 싶었나 봐요." **이지현(18세, 학생)**

{ 사진관에서 만난 His story }

"우연히 신문 기사에서 본 내용인데 어떤 사진가가 죽음을 앞둔 사람들을 만나 그들의 하루를 기록하는 프로젝트를 했죠. 처음엔 죽음이라는 단어를 듣고 크게 관심을 가지진 않았어요. 그런데 프로젝트의 취지가 정말 좋더라고요. 사람들이 죽음을 기다리는 순간이 그리 슬프지만은 않다는 메시지를 줬거든요. 사진의 주인공들 표정이 모두 밝더라고요. 그들이 지금은 이 세상에 없을지도 모르지만 그래서 사진이 더 소중한 것 같아요. 사진관에 들를 때마다 그 프로젝트 생각이 나요." **백지훈(34세, 자영업)**

사진관은 말한다,

사진관에는 사람들이 기억하고 싶은 순간들이
남아 있습니다. 그래서인지
기쁜 순간이 많죠. 사진관은 말합니다. 때론 조금
마음이 시린 순간들을 기억하는 건 어떨까요.
모두 당신의 소중한 기억이니까요.

04 무대 뒤편

Place

감정을 다독여 매 순간을 다르게 사는 곳

당신은 참 냉정해요.

따뜻한 차를 앞에 두고

어쩜 그렇게 냉정한 말을 내뱉고 돌아서요?

어쩜 그래요?

갈 거면 그냥 멋지게 갈 것이지

왜 진심이 아니란 건 또 들키나요.

어쩜 그래요.

"눈물이 안 멈춰. 어떻게 해!" 다급한 여자 배우의 목소리가 들렸다. 천장을 바라봤다가 다시 거울을 보며 계속 눈물이 맺힌 눈을 확인했다. 눈물을 억지로 참을 필요까진 없을 텐데 왜 그렇게 그녀는 멈추지 않는 눈물 때문에 힘들어하는 걸까. 불행히도 그곳은 배우들이 다음 역할을 준비하는 무대 뒤편이었기 때문이다. 그녀는 10분 사이에 행복한 여자와 비운의 여자를 오고 가야 했다.

연극을 하는 지인을 축하해주기 위해 무대 뒤편을 찾았던 날, 무대 뒤편에는 무대 위보다 훨씬 더 생생한 순간들이 있었다. 다음 장면을 위해 대본을 외우는 배우, 급하게 머리 스타일을 바꾸는 배우, 꽃다발을 들고 온 손님을 만나 즐거워하는 배우까지 다양했다. 유독 눈에 띈 그 여배우는 왜 눈물이 멈추지 않았던 걸까. 역할에 너무 몰입한 나머지 그 인물에게서 빠져나오지 못했기 때문이겠지. 그녀를 지켜보다가 문득 감정을 '추스르는 일'에 대해 생각하게 되었다. 감정을 추스르는 것은 아직 나에게도 힘든 일이다. 감정을 '추스르기 위해서'는 감정을 '바꾸는' 법을 알아야 하니까. 웃다가 울다가, 기쁘다가 슬프다가, 이렇게 여러 감정을 바꿔가며 상황에 적응할 때 감정을 추스를 수 있다.

내가 잠시 다른 생각에 빠져 있던 동안 그녀는 이미 무대 위에 올랐다. 눈물을 멈추었는지 멈추지 못했는지 모르지만 그녀도 감정을 추스르는 일이 참 힘들었을 것이다.

우리는 때론 소중한 사람 앞에서 자신의 힘든 모습을 숨기기도 하고, 연인 앞에서 좋아하는 마음을 감추기도 한다. 오늘 지쳤다면 내일 다시 씩씩하게 일어서야 할 때도 있다. 그리고 오락가락하는 감정을 추스르는 것만이 중요한 것이 아니라 추스른 후 다시 새로운 감정에 적응해야 한다. 한 번 좌절한 사람은 다시 일어서기가 힘들다고 한다. 자꾸 힘들었던 어제를 생각하고, 내일보다는 과거에 연연해 지난 감정에 머물러 있기 때문에. 하지만 감정을 추슬렀다면 얼른 다른 감정을 몸에 이식시켜야 한다. 그래야 수도 없이 우릴 찾아오는 많은 감정들에 다치지 않고 약해지지 않으니까 말이다. 무대 뒤편처럼.

{ 무대 뒤편에서 만난 His story}

"오늘도 무사히 연극이 끝났네요. 연극을 한 지 3년이 지났지만 아직 무대 위보다 무대 뒤편이 더 긴장돼요. 이상하죠? 무대 위에선 그냥 그 역할에 몰두해서 저를 잊으면 되지만, 무대 뒤에서는 정말 바쁘거든요. 1분 사이에 옷을 갈아입고, 또 2분 사이에 그 역할에 몰두해야 하니까요. 무대 뒤에서 감정을 잡은 후에 무대로 나가야 하니까 어쩜 무대 뒤편이 더 중요한 곳일지도 몰라요. 코믹한 연기를 하다가도 다음 신(scene)이 슬픈 장면이면 바로 슬픈 역할에 몰두해야 해요. 몰두할 시간은 단 2분뿐이에요. 짧지만 긴 시간이죠. '무대 위는 인생'이라는 말을 흔히들 하죠. 어쩜 제가 연극 배우를 꿈꾼 이유일지도 몰라요. 인생을 좀 더 다양하게 살아보고 싶어서요." **이지훈**(32세, 연극 배우)

무대 뒤편은 말한다,

기뻤다가도 또 슬플 수 있는 게 인간이에요.
희로애락은 하루에도 몇 번씩 반복되니까요.
어떤 감정이든 받아들이는 건 나쁘지 않아요.
하지만 금방 다시 훌훌 털고 새로운 감정에
몰두할 수 있는 사람이 되세요.

05
Place

114 안내센터

어디론가 가야 할 때 찾게 되는 곳

속상한 일이 있나요?

그럼 다디단 초콜릿을 줄게요.

사랑에 빠진 것 같다고요?

듣기만 해도 사랑이 샘솟는 노래를 알려줄게요.

내 기분이 어떤지는 묻지 않아도 돼요.

그냥, 당신이 필요한 것만 물어보세요.

그리운 사람에게 전화를 걸 때면 나도 모르게 "어디야?"가 불쑥 튀어나온다. 무슨 감시를 하는 것도 아니고 왜 그러는 걸까. 상대방이 바다에 있다고 하면 '마음에 변화가 생겼나?', '갑자기 바다에 왜 갔지?'라는 생각이 들고, 공원에 있다고 하면 '그냥 걷고 싶구나', '여유로운 시간이겠군'이라는 확신까지 한다. 장소에 큰 의미를 두는 건 아닐지라도 아무 이유 없이 그 장소로 발걸음을 옮기진 않는 것 같다. 마음에 살짝 혼란이 오거나 하루가 조금 지루할 때 특별한 장소로 가고 싶듯이. 어쩌면 내가 상대방 기분이나 상태를 파악할 수 있도록 하는 것이 장소일지도 모르겠다.

공원에서 혼자 걷고 있다는 친구를 불렀다. 밤에 친구를 부른 이유는 그녀를 다른 곳으로 초대해야 했기 때문이다. 외로움, 수많은 생각, 두려움이 가득해 마냥 걷는다는 그녀를 어딘가 편안한 곳으로 데려가고 싶었다. 어디가 좋을까 생각하다 다락방처럼 편안한 카페가 떠올랐다. 옥탑방처럼 작고 아담하고 조용한 곳. 지난번에 혼자 갔을 때 나중에 깊은 이야기가 필요한 사람과 꼭 같이 와야겠다고 생각했던 곳이다. 늦은 밤 문을 열었을지 궁금해 114에 전화해 카페 이름을 말했다. "무슨 전화까지 해서 번호를 물어봐"라며 툭툭거리던 그녀였지만 난 그녀가 좋아하고 있다는 것을 알았다. "그냥 술집이나 물어봐" 하고 또 투덜거렸지만 그녀에겐 술보다 일단 이야기를 나눌 곳이 간절해 보였다.

카페 주인과 통화한 후 곧바로 우린 그곳으로 향했다. 가서 한참을 이야기하고 아침 동이 틀 때까지 아픔을 주고받았다. 해결될 것 같지 않던 일들이 하나둘 풀리고, 그녀가 조금씩 웃기 시작했다.

감정이 변할 때마다 우리 발길이 향하는 곳도 변한다. 지금 당신이 어디로 가고 싶은지를 자신에게 묻는다면 당신의 심경을 조금이나마 알 수 있을지도.

{ 114 안내센터에서 만난 Her story}

"한번은 이런 적이 있었어요. 이른 아침이었는데 앳된 학생이 초등학교 전화번호를 묻더라고요. 학교 갈 시간에 왜 학교 전화번호를 물을까 잠깐 또 상상을 했죠. 많이 바쁘지만 가끔 그렇게 재미있는 상상을 해요. 아파서 결석을 한다고 전화를 하려는 걸까, 학교에 간 누나에게 할 말이 있는 걸까, 상상을 하다 보면 끝도 없어요. 평소엔 전화번호에 대해 별 생각을 안 하고 살았는데 별별 전화번호를 묻는 사람들을 보면서 새삼 제 하루를 돌아봐요. 난 오늘 누구에게 전화를 했을까, 휴대전화 통화 목록도 보게 되고요. 왜 그럴 때 있잖아요. 가끔 며칠 전 통화 목록을 보다가 도통 왜 거기에 전화했는지 기억이 안 날 때. 그죠? 전화번호를 검색하다 보면 그 사람 하루 일과도 상상이 된다니까요."

하여진(29세, 서비스업)

114 안내센터는 말한다,

오늘 가고 싶은 곳은 어디인가요?
어느 곳을 찾나요? 통화 목록을 잠시 펼쳐보세요.
당신이 누르는 다이얼에 많은 사연이
담겨 있답니다.

06
Place

포장마차
시끄러워서 더 집중되는 곳

가끔은 사람들이 가득한 거리 한복판에서
엉엉 울고 싶기도 해요.
또 가끔은 사람들이 가득한 거리 한복판에서
미친 척 웃고 싶기도 하고요.
많은 사람들의 대화, 웃음, 발자국 소리에
그냥 묻히고 싶을 때가 있어요.
그냥, 오로지 그들 사이에서.

우리는 동네 신호등 뒤에 있는 자그마한 포장마차로 갔다. 무언가의 마력에 끌려 포장마차에 앉은 그녀와 나는 끊임없이 무언가에 대해 이야기를 했다. 그녀는 사람 사이의 관계 때문에 힘들다고 했고, 소주 한 잔을 비울 때마다 힘든 이유를 하나씩 마음속에서 덜어냈다. 그녀에게 어떤 대답을 주어야겠다는 생각도 잠깐 들었지만 그냥 그녀의 한숨이 이어지는 대화에 침묵으로 답했다. 그때 지나가던 남자가 말했다. "나도 나를 모르겠어." 짧지만 지친 마음이 가득했다.

한숨을 쉬던 그녀가 갑자기 말을 꺼냈다. "근데 저 사람은 왜 '나도 나를 모른다'고 했을까?" 나는 갑작스러운 말에 되물었다. "어? 누구?" 그녀가 말한 사람은 조금 전 길거리를 지나가던 남자. 남자의 목소리를 얼핏 들었던 그녀가 문득 남자의 이야기를 궁금해하기 시작했다.

"나도 나를 몰랐던 건 아닐까?" 그녀가 자신에게 질문을 했다. 마치 그 행인이 그녀에게 조언을 해주고 간 것처럼. 한참을 고민하던 그녀는 자신이 아팠다는 것을, 상처를 받고 있었다는 것을 그동안 너무 몰랐던 것이 자신에게 미안하다고 했다. 조금만 더 일찍 자신을 알아줬더라면, 아픈 자신까지 사랑했더라면 오늘 이렇게 힘들지 않았을 거라고 말하며. 그렇게 지나가던 남자가 그녀의 술친구가 되어줬고, 침묵만 하고 있던 나 대신에 그 남자는 그녀에게 술을 한 잔 따라줬던 것이다.

내가 한마디 더했다. "거봐, 너만 힘든 거 아니지?" 그녀가 고개를 끄덕이며 웃었다. 시끄러운 세상 주변 소리에 자신의 외침을 듣지 못하다가 그녀는 오늘 시끄러운 곳에서 외치고 메아리까지 받아냈다. 포장마차 벽을 사이에 두고 누구는 술과 인생을 이야기하고, 누구는 바

삐 어디론가 향한다. 하지만 어쩌면 모두가 함께 있는지도 모른다. 서
로의 목소리가 들리니 말이다. 포장마차가 주는 느낌은 세련되지 않았
지만 포근했고, 시끄러웠지만 소음이 아니었다.

{ 포장마차에서 만난 Her story }

"여자들은 아기자기한 카페 좋아하잖아요. 술집도 분위기 있는 곳을 좋아하고요. 그래도 저는 가끔 포장마차가 생각나더라고요. 그냥 묘한 생생함이 있어요. 길을 지나다 무심코 들르게 되는 이유도 그래서 아닐까요? 그저 걷다가 문 하나만 열면 포장마차잖아요. 얼마 전에 엄마와 포장마차에서 가볍게 술을 한잔 마시고 있었어요. 그때 익숙한 목소리가 들렸죠. 누군가랑 통화를 하는 목소리였는데 알고 보니 아빠였어요. 퇴근하는 아빠 목소리에 어찌나 반가웠는지. 그때 바로 아빠를 불러서 다 같이 밤새 술잔을 기울였답니다. 오늘도 아는 사람이 지나가나 귀 기울여보려고요." **문희경**(21세, 대학생)

포장마차는 말한다,

술 한잔 생각난다고요? 포장마차에는
시끄러운 음악 대신 길거리 소음이,
탄탄한 테이블 대신 삐걱거리는 테이블이 있어요.
술과 함께 인생을 배우는 곳, 그곳이 포장마차예요.

07 비디오 가게
Place

당신이 궁금해하는 인생을 대여하는 곳

처음엔 이해할 수 없었어요.
난 이렇게 아픈 사랑을 하는데
왜 넌 그토록 달콤한 사랑을 하는지.
괜히 내가 벌받는 것 같기도 하고
내가 운이 없는 건지 야속하기도 했어요.
그런데 나보다 더 아픈 사랑도 있더라고요.
100개 커플의 사랑 색깔도 100개.

영화 삽입곡을 듣다가, 가사가 어떤 장면을 이야기하고 있는지 그 장면이 보고 싶어졌다. 불쑥 비디오 가게로 달려가 그 영화를 집어 들었다. 방에 와서 영화를 보기 시작했고 그 노래가 흘러나오는 장면에 마음이 아렸다. 저런 장면이었구나, 가사가 말하는 의미가 저런 의미였구나, 마음이 후련해졌다. 단순히 여자와 남자의 이별이라고 상상했던 장면이 누군가를 하늘로 떠나보내는 장면이었다니, 마음이 아프기도 했다. 이별, 이별…… 세상의 모든 이별을 단순한 헤어짐이라고만 생각했던 건 아닐까. 서로에게 마음이 떠나 헤어지는 것만이 이별이 아닌데, 어쩔 수 없이 떠나보내야 하는 이별에 너무 무관심했던 건 아닐까 생각이 들었다. 문득, 세상의 여러 이별에 대해서 알고 싶어졌다. 인터넷으로 검색을 할까, 이별 노래들을 찾아 들을까 생각했지만 이별을 장면으로 보고 싶었고 난 비디오 가게로 향했다.

멜로 섹션으로 가서 비디오들을 찬찬히 살폈다. 남녀 간의 이별, 부모와 자식 간의 이별, 사랑하는 동물과의 이별, 그리고 꿈과의 이별까지 참 많은 이별이 있었다. 서로 다르지만 '이별'이라는 단어를 안은 여러 비디오들을 빌렸다. 아니, 여러 '비디오'가 아닌 여러 '이별'을 빌린 건지도. 집에서 비디오들을 하나하나 보는데 이별의 색깔, 온도, 느낌, 이야기가 모두 달랐고 내가 몰랐던 또 다른 이별이 그 안에 있었다. 내가 비디오 가게에서 이별 비디오를 빌리는 동안 스릴러 비디오를 찾는 남자도 있었다. 그는 조금은 오싹한 인생이 보고 싶었던 것 같다.

비디오 가게에는 모든 인생이 있다. 코미디 섹션에는 단순한 웃음과 슬픈 웃음이 있고, 로맨스 섹션에는 상큼한 로맨스, 애절한 로맨스, 유

머러스한 로맨스들이 제각각 진열되어 있다. 비디오 가게는 마치 모든 인생을 모아놓은 곳 같다. 책, 음악도 물론 우리의 인생을 말해주지만 비디오만이 가진 특징은 '장면'을 보여준다는 것, 그리고 비디오 가게가 특별한 이유는 그 모든 장면들이 모인 곳이기 때문이다. 원하는 인생을 골라 집기만 하면 무엇이든 볼 수 있으니.

내가 살아보지 않은 하루, 또는 내가 살아보고 싶은 하루가 문득 떠오를 때 비디오 가게로 향한다. 꼬마 아이들이 비디오 가게에서 유독 로봇이 등장하는 비디오나 3D 비디오를 찾는 이유를 조금은 알 것 같다. 아이들은 하늘을 날고 요술을 부리면 금세 낮과 밤이 바뀌는 세상이 있다고 믿으니까.

{ 비디오 가게에서 만난 Her story }

"요즘은 DVD가 많잖아요. 비디오 가게가 아직 없어지지 않은 게 신기해요. 연출 일을 하다 보니 집에 첨단 기기들이 많지만 저도 아직 비디오 기계를 버리지 못해요. DVD는 마우스로 보고 싶은 장면을 클릭만 하면 되지만 비디오는 직접 되감기를 해서 장면을 맞춰가는 맛이 있어요. DVD에 비해 장면 설정이 정확하진 않아도 그게 마치 인생 같아요. 비디오 되감기 기능과 인생의 공통점이죠." 김형선(31세, 연출가)

{ 비디오 가게에서 만난 His story }

"오늘은 슬픈 영화를 하나 보려고요. 기분이 울적하기도 하고 비도 오잖아요. 비 오는 날에는 슬픈 노래를 듣고 싶은 것처럼 영화도 기분에 따라 생각나는 게 있어요. 울적할 때 슬픈 영화를 보면 더 슬퍼지기도 하지만 나랑 비슷한 사람이 또 있는 것 같아 위로가 되기도 해요. 그런데 굳이 비디오 가게를 찾는 이유는 따로 있어요. 요즘은 다운로드해서 볼 수도 있고 DVD도 아주 많지만 비디오테이프는 오래된 느낌이에요. 아날로그그라고나 할까. 비디오테이프와 DVD에 담긴 내용이 같다고 해도 비디오테이프가 재생될 때 필름 돌아가는 그 느낌이 좋아요. 다음 주 주말은 기분 좋은 비디오를 빌리러 왔으면 하네요."
임형주(34세, 펀드매니저)

비디오 가게는 말한다,

우울한 날에는 슬픈 영화를,
기쁜 날에는 재미있는 영화를 보며 즐기세요.
잊지 말아야 할 것은 슬픔에도 여러 색깔이,
기쁨에도 여러 온도가 있다는 것입니다.

08
Place

토론장
결국 우리 모두가 옳다는 것을 알게 되는 곳

그냥 내 말이 맞다고 말해주면 안 돼요?

그렇게 힘든 일도 아니잖아요.

고개를 *끄덕끄덕*해주고

당신도 그런 적 있다고 말해주면 될 것을.

나도 내가 잘못했다는 것 알아요.

그런데 그냥 내 편이 필요했다고요.

내 편을 들어주는 사람이 필요할 때가 있고 그렇지 않을 때가 있다. 내 편이라는 것은 그저 내 말에 고개를 끄덕여주고 "맞아, 맞아"를 외쳐주는 것이다. 혹 내 생각이 잘못된 생각이라는 것을 알아도 나의 생각을 지지해주는 사람이 있다는 것은 큰 힘이 된다. 하지만 반대로 내 의견에 따끔히 반기를 들어주는 사람이 필요할 때도 있다. 내가 힘들어할 때 나를 바로잡아주기도 하고 생각하지 못한 방향으로 나를 데려주는 사람도 반드시 필요하니까.

이 두 사람을 동시에 볼 수 있는 곳으로 향했다. 의견이 같은 사람들끼리 앉은 모습은 참 편안해 보였다. 무슨 말을 하든지 자신의 의견에 손을 들어줄 사람들이고 자신이 틀리지 않았다는 확신을 할 수 있기 때문이다. 하지만 반대로 자신의 편이 아닌 사람들과 마주하는 일은 꽤나 불편하다. 내 편이 아닌 사람들의 생각을 듣는다는 것, 나와는 반대의 생각을 하는 사람들을 본다는 것은 무척 혼란스러운 일이기도 하다. 그래서 늘 토론장은 치열하다.

내 편과 그렇지 않은 사람을 한자리에서 만나는 것은 쉽지 않다. 아니, 모두 내 곁에 있다 해도 동시에 두 사람이 내 생각을 들어주는 경우는 흔치 않다. 왜냐하면 내가 옳다고 생각하는 방향이 있을 경우, 어떨 때는 내 방향을 믿고 싶어 그런 말을 해줄 사람을 찾지만 또 다른 때는 내 방향이 틀렸다고 생각해 내 편이 아닌 사람을 찾아 내 방향을 바꾸려고 노력하게 되니까.

얼마나 지났을까. 토론장에 있는 사람들이 점점 고개를 끄덕이고 있다. 처음엔 '편'이라는 단어로 서로를 경계했지만 시간이 지날수록 '입장'이라는 단어가 어울리는 곳이 됐다. 이야기를 나누며 자신이 생

각하지 못했던 방향으로 가기도 하고 사람 저마다의 입장임을 깨닫게 된 것이다. 내 편이 아닌 사람들과 마주한다는 것이 처음엔 꽤 거슬리지만 결국 꼭 필요한 일임을 알게 된다. 나의 편을 만드는 것만이 꼭 자신을 편안하게 해주는 것이 아니라 때로는 나의 입장을 만들며 또 다른 입장을 이해하는 것이 더 훌륭한 인생살이가 아닐까.

{ 토론장에서 만난 Her story }

　"평론가에게 가장 필요한 공간 중 하나가 토론장일 거예요. 무엇을 가지고 어떻게 주장하는지, 또 자신의 주장으로 어떻게 남을 설득하는지 보게 되죠. 토론장에 오기 전에 입장 결정을 안 하고 오는 편이에요. 그래야 객관적으로 사람들의 의견을 들을 수 있거든요. 내가 찬성, 반대 중에서 한쪽으로 기울어져 있으면 반대쪽 의견은 색안경을 끼고 듣게 돼요. 오늘도 결정을 안 하고 왔는데 듣다 보니 입장 자체가 사라지더라고요. 찬성 쪽 의견을 듣다 보면 그것도 맞는 것 같고 반대쪽 의견을 들으면 또 고개를 끄덕이게 되고……. 결국 토론의 주제만 남고 정답은 없는 것 같아요." **신미경**(30세, 평론가)

토론장은 말한다,

티격태격하며 누군가와 말싸움을 했나요?
내 의견에 동조해주기를 바라고, 나는 다른 사람
말에 동의하기 싫겠죠. 하지만 결국 모두가 옳아요.
그 판단 기준은 저마다 가진 입장일 뿐입니다.

09
Place

여행사
목적은 다르지만, 떠나고 싶고 떠나야만 하는 이들이 있는 곳

떠나요, 둘이서.

목적이 있어도 좋고 없어도 좋아요.

떠나요, 다 같이.

화려한 곳도 좋고 누추한 곳도 좋아요.

떠나요, 가끔은.

돌아왔을 때 현실이 반갑도록.

　여행이라는 단어가 진부하다고 느낀 적이 있다. 만나는 사람마다 여행 가고 싶다는 말, 여행이 절실하다는 말을 해서일까. 여행을 원하는 사람이 너무나 많아 그저 흔한 단어라고 생각했는지도 모르겠다.

　미국으로 여행을 떠나는 친구를 따라 여행사에 갔다. 잠시 현실에서 벗어나 미국으로 떠나고 싶다던 친구는 꿈에 부푼 얼굴과 현실에 지친 얼굴을 함께 가지고 있었다. 여행사 직원과 상담을 하며 친구는 관광객이 붐비지 않는 도시를 추천해달라고 했다. 유명한 도시가 아닌 조금 외곽 지역을 택한 친구는 그냥 오래 쉬었다 오고 싶다고 했다. 나는 달랐다. 호주로 여행을 떠나기로 결심했을 땐 잠깐 일상을 탈출하고 싶어서였다. 일상을 하나의 퍼즐로 본다면 퍼즐 조각을 몇 개 떼어내어 호주로 가져갔다가 퍼즐 조각이 낡든 더 빛이 나든, 돌아와 제자리에 그대로 끼워 넣으면 될 거라 생각했다. 하지만 여행에서 돌아와 현실에 다시 적응하는 것이 쉽지만은 않았다. 그곳의 자유로움이 좋았던 나는 다시 치열하게 살아야 하는 현실로 돌아오는 것이 힘들었고, 자유롭게 길을 걷고 누구에게나 나를 드러내며 말을 거는 것이 좋았던 나는 다시 현실에서 주위 사람들의 시선에 신경 쓰는 내가 돼야 하는 것이 싫었으니까.

　'아, 여행하고 싶다'는 생각이 드는 것은 지금의 현실에서 벗어나고 싶어서일 것이다. 그냥 '여행'이라는 단어에만 집중한다면 기분 전환 정도로 가볍게 생각할 수도 있지만 기분 전환을 위해서는 어쨌든 나의 일, 반복되는 하루 일정을 '버려야' 한다. 그리고 돌아왔을 때 잠시 다른 곳에서 느꼈던 새로운 반응, 머릿속을 맴돌던 생각, 내 곁을 지나친 바람과 사람들에 대한 기억이 현실을 만났을 때의 낯섦이란…….

여행자들이라면 한 번쯤 느껴봤을 테지만 여행 후유증이라고 부르는
것이 몸의 고단함만은 아닐 것이다. 마음의 고단함, 현실에 다시 적응
한다는 것의 고단함이겠지. 그 고단함을 감수하고라도 다시 떠나고
싶은 이유는 다른 것을 귀에 담고, 눈에 담고, 매일 걷던 곳과 다른 곳
을 사랑하고 싶어서다.

　여행사에서 만난 모든 사람들이 다시 현실에서도 '현실 여행'을 할
수 있길 바란다.

{ 여행사에서 만난 His story }

"여행을 많이 떠나는 시즌이라서인지 사람들이 많네요. 옆에 앉은 커플은 저랑 같은 호주로 가네요. 패키지 여행에, 최고급 호텔에, 신혼여행인가 봐요. 같은 곳으로 가지만 저는 여행 일정이 없어요. 저는 일을 하며 학비를 벌어서 영어 공부를 하는 것이 여행의 목적이거든요. 해외에 가려니 설레긴 해요. 여기 와서 호주 이곳저곳을 알아보고 호주 생활이 설명된 팸플릿을 보니까 즐겁기도 하고요. 여기서 아르바이트를 해도 되지만 제가 해외로 떠나는 이유는 새로운 제가 되기 위해서입니다. 장소의 힘이 크잖아요. 여기가 아닌 다른 곳에서는 조금 다른 내가 될 수 있을 것 같고, 또 비록 변한 것 없이 지내더라도 한국에서의 저를 잊고 싶은 거죠. 그리고 거기엔 부모님도 안 계시고 가족도 없으니까 제가 부지런하지 않으면 못 살잖아요. 그렇게 부지런해지는 방법을 배우고 싶어요." **문혁필**(27세, 휴학생)

여행사는 말한다,

이민이든 유학이든 신혼여행이든 여행을 떠나세요. 좋든 나쁘든 분명 지금과는 다른 당신이 될 수 있어요. 여행사가 그 출발이 되는 곳입니다. 지금의 자신을 버려야 그곳에서 살 수 있답니다.

10
Place

민박집
수많은 인연들이 머물다 가는 곳

당신은 나랑 참 많이 달라요.

나랑 다른 생각, 다른 느낌, 다른 하루를 갖고 있거든요.

지금까지 어느 별에서

누구랑 무엇을 하며 어떤 것을 먹고 살았나요?

다른 데서 지내다 만난 우리지만

꽤 반갑네요.

파리로 여행을 가는 이유를 떠올리면 대부분이 에펠탑을 보러 간다고 생각하겠지만 실제로 파리를 다녀온 사람들의 이야기를 들어보면 여행 목적이 모두 달랐다. 어떤 지인은 그저 파리 골목을 걷기 위해서였다고 했고, 또 다른 지인은 초콜릿 공부를 하기 위해서 파리를 다녀왔다고 했다. 에펠탑 근처에는 가지도 않은 사람들이 꽤 많았다.

여행을 떠나 민박집에 머물렀던 날, 여행객들끼리 밤에 한데 모여 이야기를 나눴다. 이런저런 이야기를 나누다가 이곳으로 여행을 오게 된 이유에 대해 각자 한마디씩 하게 되었다. 미술을 전공한다는 어떤 사람은 유명 건축물을 스케치해 자신의 다음 전시회 영감을 얻기 위해서라고 했고, 그 옆에 있던 사람은 쓸쓸함을 주제로 한 사진전을 준비 중에 그 감정을 공부하러 왔다고 했다. 나는 그저 쉬러 왔다고 하자, 그 또한 멋진 목적이라며 모두가 나의 휴식 예찬에 동의했다. 같은 여행지에서 다른 그림을 그리듯이 여행의 목적은 모두 달랐다. 아니, 이 여행지를 선택하게 된 '그들만의 이유'가 있었다. 그래서일까, 이 여행지에서 꽤 많은 관광객이 들른다는 유명한 건축물을 두고 이야기를 나누는데도 한 시간 동안 제각각 다른 이야기를 풀어냈다. 모두 같은 것을 보고 있지만 그 목적, 느낌, 표현 방식이 달랐다.

문득 초등학교, 중학교 미술 시간이 생각났다. 선생님이 우리 반 학생들에게 똑같은 준비물을 가져오라고 했다. 다음 날 미술 시간엔 모두가 똑같이 페트병을 책상 위에 올려놓았다. 선생님은 이 재료로 아무거나 만들어보라고 했다. 색깔, 모양만 약간씩 다른 페트병을 가지고 모두들 무언가를 만들기 시작했다. 한 시간 후 페트병은 화분, 금붕어 어항, 연필꽂이, 필통 등 각양각색 물건들로 변했다. 그러고는 왜 이렇게 변신을 시켰는지 발표를 했다. "화분이 필요했어요.", "색연필을 꽂아두면 좋을 것 같았어요." 모두가 같은 재료로 자신이 필요한 것을 만들었다. 사람이 재미있는 이유가 이거다. 같은 것을 보고, 같은 곳을 방문해도 모두 다른 눈으로 해석한다는 것. 민박집에서 떠올린 미술 시간의 풍경이다.

{ 민박집에서 만난 Her story}

"친구들과 여행 왔다가 성수기라 호텔을 못 잡고 민박집을 정했어요. 호텔에서 편하게 지내고 싶었던지라 모두들 처음엔 불만이었어요. 그런데 조금 전에 민박집 식구들이랑 과일을 먹으면서는 다들 좋아하는 거 있죠. 여긴 방이 다섯 개 있는데 신기하게도 민박집 손님들이 지역이 다 다르더라고요. 저희는 경주에서 왔는데 저쪽 방은 대구, 저쪽 방은 서울이고…… 다 같이 모여서 이야기하니까 지역 사투리도 나오고 지역 방송 보는 느낌이에요. 대학생 때 MT 가서 하루 잔 것 말고는 그 뒤로 민박집이 처음이에요. 오랜만에 오니까 좋아요. 순박하기도 하고 나그네 느낌이랄까? 내일 아침 다시 전국 각각으로 흩어지겠죠? 때론 편한 호텔보다 민박집도 좋을 것 같아요. 벽이 꽉꽉 막힌 호텔보다 더 사람 냄새가 나요. 이런 곳 아니면 제가 언제 전라도 사람을 만나보겠어요."
황보영(26세, 무용 강사)

민박집은 말한다,

쉬고 싶을 땐 짐을 놓고 잠시 머물러보세요.
동서남북에서 온 사람들이 같은 공간에 모여
서로 다른 이야기를 풀어낸답니다.

11
Place

전시회장

나를 둘러싼 모든 것이 하나의 주제임을 느끼는 곳

하얀 눈을 보면 무엇이 생각나나요?

당신은 영화 속 한 장면이 생각난다고 했죠.

나는 노래 가사가 생각나요.

서로 생각하는 건 달라도,

어떤 느낌인지는 알 것 같아요.

결국 겨울은 하나니까.

전시회장에서 우리는 어느 그림 앞에 섰다. 한참을 바라보다 불쑥 말을 꺼낸 그는 그림에 대해 전혀 생소한 느낌을 전해주었다. 단순한 그림 하나를 보면서도 우린 너무나도 다른 생각을 했다. 심지어 나는 기쁨을 표현한 것으로 해석하고 그는 슬픔을 표현한 것으로 해석했다. 물론 그림을 보며 모두가 같은 생각을 할 수는 없지만 나와 전혀 다른 해석을 하는 사람을 만날 때면 그를 다시 이해해야겠다는 생각이 든다. 그가 어떤 생각을 하며 지내는지, 또 어떤 기억들을 갖고 있는지에 따라 해석하는 눈이 다르다고 믿기 때문이다. 그래서 잠시 혼란스러웠다. 차근차근 서로의 시각을 설명하고 있었지만 우리는 뭔가 동떨어진 느낌이 들었다.

또 다른 그림 앞에 섰다. 사람들이 그림에 대해 어떻게 느끼는지 종이에 한 줄씩 적는 이벤트를 하고 있었다. 나와 그도 자신 있게 느낌을 표현하고는 다른 사람들의 생각을 하나둘 읽었다. "여자가 남자를 그리워하는 것 같아요", "엄마 생각을 하는 것 같은데요?", "약간 오싹한 기분이 들기도 합니다" 등 많은 느낌들이 표현되어 있었다. 이것들이 모두 하나의 작품을 보고 느낀 것이라니⋯⋯. 어떻게 저 단순한 작품 하나를 보고 이렇게도 많은 해석을 하는지. 그 전시회의 콘셉트는 마음대로 상상하는 것이었다. 사람들은 같은 작품을 보면서도 자신의 경험, 그동안의 기억, 주변 상황들에 의존해 작품을 해석하게 되고, 사람마다 다른 인생을 살기에 그 해석은 같은 수가 없다. 어쩌면 그 전시회 이벤트가 의도하는 것이 그것이었는지도 모른다. 같은 것을 보고 다르게 해석하는 것, 그렇게 자신만의 해석을 가지고 타인에게 의존하지 않으며 살아가는 것 말이다. 주변을 돌아봐도 같은 작품을 보며 똑

같은 생각을 하는 사람이 없었다. 하지만 모두 공감하고 있었다. 서로의 다른 느낌과 생각에 귀를 기울이고 모든 생각과 느낌을 하나의 주제 안에 넣었기 때문에.

　옆에 서 있는 그를 바라보았다. 내 생각만 있는 게 아닌데, 같은 것을 보고도 충분히 전혀 다른 생각을 할 수 있는데 난 왜 그 다양성을 무시했던 건지.

　한 가지 주제를 가지고도 그림 속 등장인물, 색감, 주제가 전혀 달라지는 전시회. 우리에게도 일상 전시회가 필요하다.

{ 전시회장에서 만난 His story }

"전시회는 작은 전시회든 큰 전시회든 보면 느끼는 게 많아요. 저는 주로 좋아하는 몇 명의 작가 전시회를 골라서 가는 편이에요. 같은 작가지만 매번 주제도 다르고 느낌도 달라서 재미있더라고요. 그림을 보면 어떤 화가가 그렸는지 확신이 들 때가 있잖아요. 붓 터치 방법이나 사람 생김새를 보면요. 그런데 가끔 어떤 작가들은 매번 전혀 다른 느낌을 줘요. 같은 작가가 맞는지 의문이 들 정도죠. 이번 전시회도 그래요. 지난 전시회 때는 어두운 심리를 표현하더니 이번엔 환희를 표현했네요. 매번 그렇게 주제가 달라도 재미있는 건 그 안에서 작가의 특징을 골라낼 수 있다는 거예요. 다른 것 같아도 어딘지 모르게 공통점이 있고, 그 작가의 팬이 되면 서서히 그게 보이거든요. 그것이 매력인 것 같아요." **박찬구**(31세, 디자이너)

전시회장은 말한다.

같은 물건, 같은 표정 같지만 자세히 보면 그 사람의 향기가 묻어 있어요. 다르게 표현하지만 주제는 결국 같은 것, 전시회는 돌고 돌아 결국 하나임을 말해줍니다.

12 소아 병동

Place

아이도 어른도 모두 아프다는 것을 알게 되는 곳

애써 웃어도 다 알아요.

입꼬리만 힘겹게 올렸을 뿐 눈은 슬퍼.

　길바닥에 주저앉아 서럽게 우는 아이를 봤다. 무슨 서러운 일이 있는지, 엄마가 아이스크림을 사주지 않아서 우는 건 절대 아닌 것 같았다. 겨우 아이스크림 하나에 저렇게 목청을 바꾸진 않을 테니까. 왜 저렇게 우는지 한참을 바라봤다. 평소 같으면 엄마를 잃어버렸는지, 넘어졌는지, 아이가 귀찮아할 정도로 물을 나지만 그날은 그냥 가만히 바라봤다. 너무 아프게 울어서, 너무 억울하게 울어서. 아이를 보며 생각했다. 아프다는 건 꼭 성인이 되어야 아는 건 아니구나. 아프다는 감정은 그냥 인간이기에 아는 자연스러운 것이구나. 물론 우리가 아파하는 것과 그 아이가 아파하는 것의 색깔, 농도는 다르겠지만 말이다.

　아픔을 저렇게도 표현할 수 있다니 꽤 멋진 일이다. 애써 숨기느라 더 아파진 나를 발견할 때면 더 멋지게 느껴진다. 그렇게 '멋진' 아이들이 많은 곳에서 내 아픔을 발견했다. 모두가 같은 옷을 입고, 치료 시간 혹은 수술 시간을 기다리는 아이들이 있는 곳, 소아 병동. 아픈 사람들이 있는 곳이 소아 병동만은 아니다. 꼭 병원이 아니더라도 아픈 이들은 내 주변에도 많으니까.

　아이들은 "아파요", "너무 아파요", "막대기로 찌르는 것 같아요" 하며 자신의 아픔을 표현하고 있었다. 자신의 감정을 조금도 숨기지 않은 직접적이고도 솔직한 표현들. 아이들은 그런 말들로도 아픔이 해결되지 않을 땐 목 놓아 울었다. 그 울음에 나도 눈물이 났다.

　"너 괜찮아?" 물으면 "응, 괜찮아"라며 답하는 나와 내 친구들이 생각났다. '괜찮다'는 말이 가장 멋있는 말인 것마냥 그 말 하나면 내가 정말 괜찮아지는 것 같았다. 이것도 잘못된 믿음이다. 슬프지도 않고 아프지도 않다고 말하면서 왜 우리는 기쁘지 않은지.

'천진난만'이라는 단어가 아이들에게 잘 어울린다고 생각했다. 아니, 누군가가 정해둔 아이들의 고정 수식어라고 믿었다. 아이는 순수하고 천진난만하고 세상 물정을 모른다는 진부한 문장들. 그래서였을까, 길에서 엉엉 울던 아이를 보면서도 나는 말을 할 수 없었다. 아픔은 나이가 필요 없다. 사람이면 아픈 것, 사람이기에 아픈 것, 사람이니까 아픈 것 아닐까. 아이들이 우리보다 부족한 게 있다면 사람을 만나온 시간, 상처를 받아온 시간뿐이지 감정을 깨닫고 표현한 시간은 어쩌면 더 길 수도 있다는 생각이 든다.

울음소리가 가득했던 곳에서 나도 편하게 울 수 있었다. 나는 '어른'이지만 똑같이 아프니까.

{ 소아 병동에서 만난 Her story }

"작년부터 여기에 있어요. 친구들 보러 가고 싶은데 조금 더 있어야 해요. 그래도 친구들을 많이 사귀어서 즐거워요. 근데 아이스크림이랑 초콜릿 먹고 싶은데 엄마가 못 먹게 해요. 건강해지면 먹을 수 있다고 하니까 얼른 건강해질 거예요. 주사는 너무 아파요. 이제 그만 맞고 싶은데." **김민아**(7세, 유치원생)

소아 병동은 말한다,

아이도, 어른도 모두 아픕니다. 아이가 우는 이유는
어쩌면 우리보다 솔직해서 아닐까요? 우린 울면
약해 보인다는 잘못된 믿음부터 배웠는지도
몰라요.

13

사찰
똑같은 시계로 살아보는 곳

아픔에도 주기가 있었으면 해요.

시련기, 극복기, 성장기 이렇게.

그러면 그냥 이것도 아픈 밤이구나, 하고 넘길 텐데.

소중한 사람이 영국으로 떠났던 날, 가장 힘들었던 건 그날 밤이었다. 한국은 사람이 그리워지기 시작한다는 밤 11시인데 영국은 한참 세상이 잠든 새벽 4시라니. 지구는 둥글어서 언젠가는 모두 만난다지만, 누군가가 그리울 땐 지구가 둥글지 않을 수도 있다는 생각만 가득하다. 보고픔, 그리움을 참는 것은 어쩌면 반드시 감당해야 할 일인데도 말이다. 그렇지만 더 힘든 건 보고 싶다고 표현을 할 수 없다는 것. 밤과 새벽의 거리가 그렇게 길 줄은 몰랐다. 그때 처음으로 시계가 같다는 것, 오전과 오후가 같이 흘러간다는 것이 참 소중하다는 것을 느꼈다. 소중하다기보다는 사랑을 표현하는 데 필요충분조건이라고나 할까? 생각해보면 낮-밤이 우리에게 주는 감정 변화 때문인 것 같다. 대부분의 사람들은 낮보다는 밤에 누군가가 그리워진다. 그럼 상대도 밤이어야 내 그리움의 크기와 마음을 이해할 텐데 그곳은 새벽, 살짝 그리움과는 거리가 먼 시간이다. 같은 시계를 가진다는 건 같은 감정을 가지는 것 아닐지. 그 후 꽤 오랫동안 나는 한국에 살면서 영국 시계로 살았다. 한국은 밤이지만 나는 영국처럼 새벽을 살고 통화하며 그렇게.

같은 한국에 살아도 꼭 같은 시계로 사는 건 아니다. 정상적으로 오전, 오후 시간을 지내는 사람도 있지만 밤부터 하루가 시작되는 사람도 있으니까. 정확히 같은 시간에 일어나고 똑같은 시간에 밥을 먹으며 하루를 지낸다는 건 어떤 기분일까? 꽤 오래 궁금해했던 그 기분을 알게 해준 곳이 바로 사찰이다. 나 자신을 위한 겨울 선물로 템플 스테이를 했던 날, 시계를 손목에 찬 사람들이 가득했다. 정확히 같은 시간에 일어나 밥을 먹고, 산책하는 시간까지 똑같았다. "오후에 뭐 해?", "오늘 뭐 했어?"라며 하루에도 몇 번씩 주고받는 일상적 대화들이 전혀 필요가 없었다. 그리고 그런 질문들이 필요가 없어지면서부터 함께 사라진 것이 있었는데 그건 바로 '감정'이었다. 같은 장소에서 같은 일정에 맞추어 살고 있으니 감정의 곡선이 크게 다르지 않았다. 한때는 영국에 있는 그의 감정 시계가 나와 달라 섭섭했는데 이곳에선 감정 시계가 같아 또 답답했다. 아침에 누군가는 상쾌하고 또 누군가는 힘들어야 서로 좋은 것과 나쁜 것을 주고받을 텐데 같은 활동을 하다 보니 감정도 비슷했다. 감정 시계까지 같아진다는 것이 꽤 슬픈 일이라는 것을 그때 알았다.

흔히 사람은 낮에는 이성적이고 밤에는 감성적으로 변한다지만 가끔은 낮과 밤이 반대인 사람을 만날 때가 있다. 그런 사람에게 나는 밤 11시에나 느낄 법한 감성을 오전 11시에 선물받기도 한다. 그와 나 사이에는 우리만의 감정 시계가 있었으면 좋겠다. 내가 살고 있는 오전 시간에 그가 오후를 살고 있을지라도 나는 그에게 아침 기운을 선물하고 그는 내게 따뜻한 낮 기운을 선물해주는 그런. 각자의 시계로 서로의 감정을 한껏 전해줄 수 있었으면 좋겠다. 물리적인 시간, 즉 지금이 몇 시인지는 중요하지 않은 그런.

{ 사찰에서 만난 His story }

"너무 불규칙적인 생활을 하는 것 같아 여기 와봤어요. 마음 맞는 몇 명이 모여 일을 하고 있어서 출퇴근이 자유롭거든요. 새벽에 출근하는 날도 있고, 오후에 출근하는 날도 있어요. 여기에선 기상 시간도 일정하고 규칙적인 생활을 할 수 있을 것 같아서요. 와보니 좋은데요? 평소엔 출근 시간이 불규칙해 출근 시간이 언제인지에 따라 기상 시간이 달라졌거든요. 오후 2시에 출근해야 하는 날이면 낮 12시쯤 일어나는데 그때가 아침이죠, 뭐. 그런데 여기 오니 보통 사람이 된 기분이에요. 보통이라는 것이 기준은 없지만요. 여기서 나가면 또 저는 저만의 기상 시간에 맞춰 하루를 시작하겠죠?"

이하수(39세, 개인 사업자)

사찰은 말한다,

'아침' 햇살, '저녁' 공기, '밤' 바람······
사실 정해지지 않았어요.
누군가에게는 아침 7시가 밤이 될 수도 있으니까요.
그렇지만 자신만의 시계, 그러니까 아침과 밤에
느낄 수 있는 자신만의 감정 시계는 꼭 필요해요.

Part. Three   잊었지만 기억하기 위해,
                 한 번 더 돌아보는 곳

새로운 노래에 옛 노래가 잊히고, 봄이 오면 지난해
겨울이 먼 기억 속으로 사라진다. 봄에는 이 봄이
지나가지 않기를 바라며 봄 풍경들을 배경 삼아
사진에 남기지만 여름이 오면 금세 봄은 잊고 바다를
찾는다. 바다의 인기도 그리 오래 가진 못한다.
바람이 부는 가을이 되면 사람들은 트렌치코트를
입고 낙엽 밟기에 하루하루를 보낼 테니까. 새로운
무언가가 우리 하루에 '쌓이기 시작'하면 '쌓여 있던'
것들은 금세 시들어버린다. 한때는 열렬히 사랑했지만
하루 만에 시들어버리는 사랑처럼.

생각보다 길게 마음을 주지 못하는 것에 대해 쓸쓸함
을 느낄 때쯤 그곳을 만났다. 지금보다 지나온 것들이
그리워 돌아보게 되는 공간들.

01
Place

우체국

천천히 마음을 전하는 곳

난 꽤 느긋한 사람이에요.

좋아하는 연극이 시작하는 날을 침착하게 기다릴 줄도 알고

식당에 가서 음식이 나올 때까지 전혀 지루하지도 않아요.

그런데 단 하나.

내 마음을 몰라주는 사람을 만나면 너무 답답해요.

조금 느긋해질 필요가 있는 것 같아요.

그래야겠죠?

성격이 급한 사람에게 힘든 일 중 하나는 상대방의 마음을 확인하는 일이 아닐까. 천천히 마음을 확인해야 한다는 것을 알면서도 조금만 더 빨리 확인할 수는 없는지 안달하게 된다.

작년 친구의 생일을 특별하게 축하해주고 싶었다. 전화를 할까, 문자 메시지를 보낼까, 아니면 일일택배를 보낼까 생각했다. 곰곰이 생각을 하다 조금 천천히 마음을 전해보기로 했다. 편지지를 골라 편지를 쓰고 우체국으로 갔다. "보통 며칠 걸려서 도착하나요?" 질문에 "3일 정도 걸릴 거예요. 거리가 멀어서요." 전화, 문자 메시지와 각종 모바일 소통이 활발한 시대에 3일은 생각지도 못한 시간이었다. 몇 자 마음을 전하는 데 왜 그렇게 오래 걸려야 하는지 말이다. 보고 싶다고 하면 몇 분 안에 답이 오고, 질문을 하면 금방 반응이 오는 방식에 너무나 익숙해져 있었다. 일단, 우체통에 편지를 넣었다.

편지를 보낸 후 친구가 편지를 받을 때까지 이런저런 생각이 들었다. 비가 와서 편지지가 젖진 않을지, 다른 집 우체통에 들어가진 않을지, 걱정하는 나를 보며 어쩌면 마음을 전할 때 그 중간 과정을 너무 잊고 있었던 것은 아닌지 생각했다. 3일쯤 지났을까 편지를 받은 친구에게서 연락이 왔다. 친구는 아주 오랜만에 편지를 받아본다고 했다. 그 후 난 편지를 꽤 자주 보내는 사람이 되었다. 우체국에 가는 일이 흔해졌고, 선물 가게에 들르면 항상 편지지를 골라 책상 서랍에 넣어둔다. 그리고 가끔 편지지를 꺼내 누군가에게 편지를 쓴다. 우체통에 편지를 넣고 그 사람이 받을 때까지 기다리는 시간이 참 좋다. 내 마음이 여기저기를 지나 그 사람에게 전해진다는 것이 그냥 참 간절하고 소중하게 느껴진다.

　물론 문자 메시지나 전화와 같은 '즉각적인 전달'도 마음을 전하는 방법이지만 때론 3일 전쯤 우체국으로 달려가 편지지에 마음을 적어 보내보는 것은 어떨까. 마음이 점점, 조금씩 전달되는 3일 동안이 꽤 행복할 테니 말이다.

{ 우체국에서 만난 Her story }

"군대에 있는 남자 친구에게 위문편지 보내려고 왔어요. 원래 편지를 잘 쓰는 성격이 아니라서 우체국에 정말 오랜만에 왔네요. 남자 친구가 철원에서 복무 중이거든요. 휴대전화는 물론이고 인터넷도 자주 쓰질 못해서 편지를 쓰기 시작했어요. 처음엔 요즘 같은 시대에도 편지를 쓰나 했는데 요즘은 이 편지 봉투가 참 고맙더라고요. 이 편지 봉투 아니었으면 소식도 모르고 지냈겠죠. 문자 메시지로 안부를 전하고 인터넷으로 소식을 주고받는 시대지만 생각해보면 편지 힘이 제일 큰 것 같아요. 인터넷이 안 되는 곳도 편지는 가잖아요. 편지를 보내는 게 살짝 귀찮긴 해도 참 고마운 존재 같아요. 다들 이렇게 자필 편지로 안부를 묻고 사랑을 키워나갔으면 해요." **지선영**(25세, 휴학생)

{ 우체국에서 만난 His story }

"곧 또 우편물 배달해야죠. 잠깐 볼일이 있어서 들렀어요. 업무를 시작하기 전에 오늘은 어떤 배달물들이 있나 쭉 살펴보는데 오늘은 안 좋은 소식들이 많은 것 같네요. 각종 고지서에 독촉장들이 그득한 걸 보니. 허름한 동네에 배달을 나갈 때면 그 집에서 고지서를 받고 난 후의 얼굴이 떠올라요. 얼마 되지 않더라도 누군가에겐 큰 짐이 되는 우편물이니까요. 가끔 독촉장을 배달해야 할 때가 있는데 그땐 제가 괜스레 미안해져요. 차라리 조금 늦게 올걸 그랬나 생각도 들죠. 누군가의 소식을 다른 사람에게 전한다는 게 보람된 일이긴 하지만 슬픈 소식, 언짢은 소식일 땐 마음이 불편해요." **조순형**(46세, 우체부)

우체국은 말한다,

당신의 마음을 담아야만 시작되는 3일간의
'마음 전달 여행'을 지켜보세요. 마음이 움직이는
발자국 소리가 들립니다.

02
Place

고속도로
때론 정체가 고마운 곳

내 앞에 저만치 누가 달려가요.
분명히 같이 출발했는데 말이에요.
나만 제자리에 있는 것 같아 내가 초라해 보였어요.
그래도 괜찮아요.
뛰는 대신 걷다가 길거리에서 꽃을 발견했으니까요.
꽃 나들이 한 셈 치죠, 뭐.

평소 길을 걸으며 주변을 관찰하는 것을 즐긴다. 지나가는 사람, 건물 간판의 디자인, 바닥의 색깔 등을 구경하다 보면 걷는 일이 힘들지 않다. 그런 내게 고속도로는 따분한 곳이다. 꽉 막힌 고속도로에서 보이는 거라곤 자가용들뿐이다.

작년, 고속도로를 달리며 여행을 가던 중에 역시 눈이 심심했던 나는 귀라도 즐거워야지 하며 음악을 크게 틀었다. 어깨를 들썩이며 가고 있는데 평소보다 꽉 막힌 고속도로에서 정말 조금도 움직일 수가 없었다. 휴가 기간이니 다들 여행을 갈 거라고 예상은 했지만 자동차가 꼼짝하질 않으니 답답해서 참기 힘들었다. 에휴, 에휴 한숨만 쉬다가 그냥 마음을 놓고 창가를 바라봤다. 네 번째 가는 온천 여행이라, 여기쯤 더 막히겠구나, 이 휴게소를 지나면 화장실을 오래 못 가니 주의해야지, 모두 알고 있었기에 창문에 들어오는 풍경들도 새롭지 않았다. 한숨을 푹푹 쉬며 지나는데 작은 집이 보였다. 멀리 보이는 산 위에 지어진 파란색 지붕의 집. 매번 같이 여행을 떠난 지인에게 "저기 집이 새로 생겼네? 무슨 관리소인가?" 물었더니 지인은 날 바라보며 말했다. "저거 오래된 건데. 텔레비전에서 소개한 적 있는 것 같아." 난 순간, 또 다른 풍경들도 다시 바라보았다. 왼쪽으로 눈을 돌리니 예쁜 농장이 보였다. 분명히 메마른 밭들만 가득했는데 말이다.

이상했다. 매년, 그것도 4년째 이맘때쯤이면 이 길에 올랐는데 왜 이리 처음 보는 풍경들이 가득한 걸까. 예쁜 농장도 이미 친구는 알고 있는 곳이라고 했다. 난 무엇을 보며 이 길을 지나온 걸까. 오랫동안 같은 길을 가며 지루해했는데 내가 못 보고 지나친 풍경이 또 얼마나 많을까. 이 고속도로를 꿰고 있다고 생각했는데 난 그저 고속도로 위에 '있었을 뿐' 고속도로에서 '만난 것'들이 없었다. 자동차가 빨리 달리기만을 바라는 동안, 난 너무 많은 풍경을 지나치고 있었던 것이다. 항상 옆에 있던 것조차 처음 보는 거라며 낯설다는 단어를 꺼냈으니.

아무리 고속으로 달리는 도로가 고속도로라지만 나는 빨리 달려오지도 못했다. 항상 막히는 곳인데 마음만 급급해서 마음이 고속이었던 것뿐. 그사이 많은 걸 놓치지는 않았을까, 내 주변 사람들을 챙기지 못한 것은 아닐까, 작은 것에서 기쁨을 느낄 수도 있었는데 그저 진부한 거라고 밀어내진 않았을까 생각이 들었다. 고속도로 인생은 없을지도 모르는데 우린 항상 속도를 내기에만 급급해 주변을 관찰하지 못하곤 한다. 내 주변에 있는 사람이 어느 순간 아파했다는 것을 늦게 깨닫기도 하고, 내 하루에 소중한 일이 많이 숨어 있다는 것을 깨닫지 못하기도 한다.

고속도로, 빨리 가는 것이 '고속'이 아니라 천천히 가는 것이 마음에 신선한 속도를 선물한다는 것을 전해준다.

{고속도로에서 만난 Her story}

"여행 가는 길이에요. 이 고속도로는 왜 그런지 모르겠지만 항상 막혀요. 친구들끼리 수다를 떨다 보면 잠깐잠깐은 지루하지 않지만 고속도로가 계속 막히면 정말 따분해요. 그래서 음악을 듣거나 잠을 자는데 오늘은 잠도 안 와서 창문 밖을 내다봤어요. 이 고속도로를 그렇게 자주 다니면서도 바깥을 구경한 건 거의 처음이네요. 보니까 새로운 건물들도 있고 신기한 광고들도 있어요. 꽤 오래된 광고 같은데 왜 이제야 봤을까요? 지난번에 해외 여행을 갔을 때도 휑한 길거리를 걷다가 재미있는 동상을 발견했었거든요. 그때도 참 뿌듯했어요. 아무것도 없는 것 같은데 무언가가 있더라고요." 김유경(25세, 대학생)

고속도로는 말한다,

매일 지나치는 길, 어제까지 아무것도 없던 길이지만 오늘은 한번 주변을 둘러보세요. 분명히 무언가가 숨어 있을 거예요. 우리 하루도 평범한 것 같지만 항상 새롭답니다.

03
Place

사주카페
가보지 않은 길을 상상해보는 곳

우리 사랑이 영원할 것 같아요?

지금은 별 문제 없이 흘러가잖아요.

이렇게만 간다면 뭐 영원할 수도 있겠죠?

속 시원히 누가 좀 알려줬으면 좋겠어요.

근데 그럴 수 없을걸요?

우리 둘이 사랑하고 있잖아요.

다른 누가 뭘 알겠어요.

　'아, 나는 한쪽 길은 훗날을 위해 남겨놓았습니다. 길이란 이어져 있어 계속 가야만 한다는 걸 알기에 다시 돌아올 수 없을 거라 여기면서요.'

　프로스트의 시 〈가지 않은 길〉 중 한 부분이다. 항상 모든 순간에 선택을 해야 하는 인간의 고뇌를 아름답게 풀어낸 시. 인간은 가보지 않은 길, 오지 않은 미래에 대해 항상 궁금해한다. '내일은 어떤 일이 일어날까' 하는 생각부터 지금 하는 나의 행동이 미래에 어떤 영향을 끼칠까, 아무 보람이 없는 건 아닐까 걱정하기도 한다. 또 혹시 이 길로 갔다가 다른 사람보다 뒤처지는 것은 아닌지, 이 길이 아니면 빠져나오기까지 너무 오래 걸릴까 봐 한 길을 택하는 일조차 두려워한다. 혼자 끙끙대다 지칠 때면, 미래에 대해 두려워질 때면, 누군가를 만나 그 두려움을 위로받기도 하고 누구나 미래에 대해 궁금해한다는 것에 안도하기도 한다.

　"괜찮아, 잘될 거야"라고 많은 사람이 말해주지만, 누군가가 내 미래를 봐주었으면 할 때가 있다. 사주카페가 많은 대학 거리에서 다큐멘터리를 촬영한 적이 있다. 한 여성이 상담을 받기 시작해서 끝날 때까지 모든 순간을 담아보기로 했다. "언제쯤 원하는 일을 찾을 수 있을까요?" 여성이 담담하게 이야기를 꺼냈다. 지금 하고 있는 일이 있지만 원하는 일이 아니고 현실에 타협하며 살고 있다고 했다. 한참 이야기를 쏟아낸 후 그녀는 이런 말을 했다. 잠시 미래에 다녀온 것 같아 마음이 편하다고. 그날 다큐멘터리의 결론은 미래와 마주하기.

　'어떨까요?', '어떻게 될까요?' 이런 질문을 하며 누군가와 함께 미래를 상상해보는 것만으로도 미래가 막막하지만은 않을 것이다. 불안해

하지만 말고 부딪쳐보는 것이 필요하다. 사주카페를 찾는 사람들은 미래가 무서워서, 불안해서, 궁금해서 그곳을 찾지만 대부분 미래에 다가갈 생각을 하지 못했다고 했다. 사주카페에 와서 비로소 스스로의 질문에 답하며 그곳에 다다른다. 한번 가보면 어떤 것을 준비해야 하는지, 내가 어떻게 지내고 있는지 알게 된다.

인간에게는 누구나 가지 않은 길, 오지 않은 순간에 대한 불안함이 있다. 그래서 자꾸만 묻고 싶고 누군가가 답을 내려주었으면 한다. 한번 부딪쳐볼 필요가 있다. 내가 먼저 나에게 질문을 하는 것은 어떨까. '나야, 내일은 괜찮을까? 어떻게 될까?'

{ 사주카페에서 만난 Her story }

"고3이라서 고민이 많아요. 친구 만나서 수다 떨다가 여기 오자고 해서 왔어요. 가끔 사주카페에 오는데 왔다 가면 후련해요. 원하는 대학에 갈 수 있는지, 남자 친구는 언제 생기는지 묻곤 하는데 그냥 그런 거 말하고 나면 속이 시원해요. 대학 못 갈까 봐 걱정이 돼도 말할 데가 없어서 답답하거든요. 그런데 여기 오면 그래도 말을 할 수 있고 고민을 들어주니까 좋은 것 같아요. 오늘 수능 점수가 오를 수 있을지 물었는데 오른대요. 기분 좋은데요?"

강빛나(19세, 학생)

{ 사주카페에서 만난 His story }

"결혼은 언제쯤 할까 궁금해서 왔어요. 주변에서 자꾸 결혼에 대해서 묻는데 그건 저도 모르는 거잖아요. 앞을 내다볼 수 있으면 좋겠어요. 언제쯤 배우자를 만나겠다, 언제쯤 결혼을 하겠다는 걸 알 수 있는 능력. 그냥 여기 와서 이것저것 물어요. 솔직히 여기서 듣는 말들을 맹신하는 것도 아니고 그렇게 힘이 되는 것도 아니에요. 왜냐하면 저는 운보다는 노력을 믿는 편이거든요. 그래도 이곳에 오면 자신의 미래를 궁금해하는 사람이 참 많다고 느껴요. 다들 미래에 대해서는 불안한가 봐요. 여기 와서 과거를 묻는 사람은 없잖아요. 오지 않은 것에 대한 두려움…… 인간이라면 누구나 그런 거겠죠?"

류현국(29세, 사업 계획 중)

사주카페는 말한다,

아직 오지 않은 시간에 대해 궁금한 건 모두
똑같다고요. 대신 궁금증에 대한 답을 풀어가는 건
우리 모두 다릅니다. 당신의 몫!

04 공원

걷다가 잠시 쉼표를 찍게 되는 곳

당신, 좀 쉬어야겠어요.

누가 봐도 숨을 헐떡거리고 있잖아요.

얼굴이 푸석푸석하고 걸음걸이도 힘이 없어요.

일부러 어디에 앉히고 싶은데

그러면 당신이 더 축 처질까 봐

그냥 그 자리에 의자를 놓아주려고요.

멀지 않은 곳에.

　일상과 일이 하나가 되었으면 좋겠다고 생각한다. 길을 걷다 떠오르는 생각들과 내 가슴을 두드리는 느낌들이 그대로 나의 일이 되었으면 좋겠고, 사람과의 만남도 일상과 하나가 되었으면 좋겠다. 그냥 하루가 흘러가듯 사람들을 만나고, 내 일상의 이야기들을 함께 나누며 하루를 보내는 것. 또 일상과 하나가 되었으면 하는 것이 있다. 바로 휴식, 여유다.

　일상과 하나가 되는 휴식. 그것은 일상 속에서 휴식을 찾는 것이다. 일상에 지쳤을 때 '따로 시간을 내어 쉬어야지, 휴식이 필요해' 이렇게 이야기를 하지 않는 것. 일상 속에 있어도, 딱히 일이나 마음을 현실에서 분리하지 않아도 잠시 마음을 내려놓을 수 있는 것. 그냥 지쳐 걷다가도 잠시 앉아 쉬다가 다시 일상으로 돌아올 수 있는 발을 갖는 것.

　내겐 일상과 휴식이 비슷해질 수 있는 공간이 있다. 운동하는 사람, 이야기를 하는 사람, 음악을 듣는 사람, 무언가를 열심히 적는 사람…… 마냥 쉬는 게 아니라 일상을 살고 있는 풍경이 있는 곳이다. 휴식이라기보다 조금 편안하게 자기 일을 보는 느낌이랄까. 따로 휴식 공간을 찾는 것보다는 그냥 길을 걷다 잠시 들르는 공원이 나에겐 그런 곳이다. 일상처럼.

　지쳐서 투덜투덜 걷던 퇴근길에, 작은 공원이 보여 그냥 공원 벤치에 앉았던 적이 있다. 지친 다리가 편해져서 좋기도 했지만 무엇보다 잠시 쉬어가는 느낌이었다. 딱히 특별한 장소에 쉬러 간 것도 아니고 눈이 즐겁기 위해 새로운 공간을 찾아간 것도 아니지만 그냥 쉬는 기분, 휴식 속으로 들어간 기분이 들었다.

　사람들은 '쉬고 싶다'는 생각이 들 때마다 주말만을 기다린다. 하지만 주말은 왜 그리도 더디 오는지. 일상과 휴식이 하나가 된다면 그저 하루하루 속에서 휴식을 취할 수 있을 것이다. 굳이 '휴일'이 아니어도 쉬어갈 수 있다는 건 행복한 일. 하루하루 속에서 휴식을 찾는 것은 그냥 일상을 휴식처럼 지내는 것이다. 걷다가도 털썩 벤치에 앉아 휴식을 취하고, 빌딩 사이로 나무가 보이면 나무 사이 하늘을 바라보는 일…… 이것을 가능하게 해주는 곳이 공원이다.

{공원에서 만난 His story}

"부인이랑 장 보러 나왔다가 짐이 무거워서 잠시 쉬었다 가요. 집으로 가는 길에 있는 이 공원이 얼마나 고마운지. 시금치랑 무랑 귤 몇 개만 사 들고 집으로 가는데 나이가 들어서인지 많이 버겁네요. 가끔 장을 보러 나왔다가 돌아가는 길에 공원에서 쉬었다 가는데 여기서 사람 구경을 하면 재미있어요. 자전거 타는 아이도 보이고 경보하는 모녀도 보이고. 공원에 들어와 있으니 공원 주변을 둘러싼 빌딩들이 안 어울리는 그림 같기는 해요. 공원이 없었으면 곧장 집으로 갔을 거예요. 장 본 것이 무겁다고 어디 들어가서 잠시 쉴 생각은 안 하게 되잖아요." **강병진(49세, 금융업)**

공원은 말한다,

바쁘게 사는 하루지만 잠깐만 들르세요.
일부러 휴가를 내지 않아도, 마음먹고 카페에
들어가지 않아도 그냥 잠시 벤치에 앉아 쉴 수
있답니다. 어쩜 더 달콤한 휴가일지도 몰라요.

05
Place

헌책방
글자와 종이 냄새로 시간을 뛰어넘는 곳

새로운 추억을 만들어가는 것도 좋아요.

그런데 새로운 추억들 때문에

오래된 추억이 잊혀가는 건 조금 슬퍼요.

오래된 추억은 낡고 보잘 것 없을지 몰라도

새로운 추억보다 빨리 사라질 테니 더 자주 꺼내봐야겠죠.

 오래된 책을 찾는다는 친구와 함께 헌책방을 찾았다. 인터넷 검색을 하면 대강 내용을 알 수 있지만 내용이 궁금해서가 아니라 책이 그립다고 했다. 그 말의 의미를 알 것 같았다. 별의별 책이 다 있다고 소문이 난 신촌의 한 헌책방에 들어갔다.

 책방 주인 이모가 말했다. "오래될수록 비싼 책들도 많아요." 오래될수록 비싸다는 것이 생소했다. 하루걸러 신제품이 나오고, 휴대전화는 지금도 충분히 똑똑한데 매일 업데이트를 하란다. 그런 요즘, 오래될수록 비싸다는 것은 세월이 가장 큰 장점이라는 말일 것이다.

 잠시 서서 이 생각을 했다. 내게 '헌' 일기장이 소중한 이유도 마찬가지겠지. 어렸을 때 쓴 일기장에 담긴 추억들을 모두 기억하는 것은 아니다. 단지 과거를 모아놓은 메모 덩어리를 잃어버리면 추억도 사라질까 봐 그것들을 정리하고 모으는 것이다. 일기장을 가지고 있는 것만으로도 마치 추억부자가 된 느낌이다. 가끔은 일기 내용을 펼쳐보고 웃기도 하지만 그건 중요하지 않다. 그냥 낡고 찢어진 일기장을 가진 것이 즐겁다.

 지난해 이사를 할 때 발견된 나의 일기장들. "이거 버리는 거예요?" 경비 아저씨의 말에 화들짝 놀라 일기장부터 챙겼다. 내겐 헌책보다 더 옛날 냄새가 나는 것이 바로 일기장이다. 헌 일기장이 낡아도 버릴 수 없는 건 내 가슴에 있는 그 시간들을 들어낼 수 없어서겠지. 오래된 것을 버린다는 건 그만큼의 시간들을 버리는 것 같다. 낡았다고 버리기엔 그 속에 담아둔 오랜 이야기가 눈부시게 찬란하다. 헌책방 아주머니가 말한 '오래될수록'이라는 것이 이런 의미이겠지. 버려야 할 시간이 많은 것일수록 비싸다는 진리.

헌책방에서 시간을 그리워하는 사람들을 만났다. 헌책방엔 우리들의 헌 기억들이 있고, 헌 시간들이 있다. 지금보다 어쩜 더 세련되고 더 투명한 그런 시간들이. 헌 시간들이 다시 반짝반짝 빛난다.

{ 헌책방에서 만난 Her story }

"인테리어 소품을 구하려고 들렀어요. 고풍스러운 책을 찾고 있는데 여기 오
니까 많네요. 낡은 방 분위기를 내려고 고민하다가 헌책을 생각했어요. 시집
을 하나 골랐는데 소품으로 쓰고 나서 제가 가지려고요. 아무 생각 없이 고른
책인데 제가 학생 때 배운 시가 들어 있네요. 순간 그때 생각이 나서 멈칫했어
요. 그땐 멋진 시를 읽으며 잠을 못 자고 그랬는데 지금은 시 한 줄 읽지 않아
요. 헌책이라는 게 묘하네요. 제 책이 아닌데 마치 제 것 같고, 다 잊은 줄 알
았는데 그때가 생각나요. 한동안 학생 때 생각이 많이 날 것 같아요. 같이 온
친구도 어릴 때 읽던 만화책을 하나 발견했대요. 다시 읽어도 재미있다며 빠져
있네요. 가끔 헌책방에 와야겠어요. 옛날이 그리워질 때마다."

박현정(28세, 인테리어 디자이너)

{ 헌책방에서 만난 His story }

"대학교에서 고전문학을 전공하고 있어요. 문학도들에게는 헌책방이 중요한
곳이죠. 물론 학교 도서관에도 옛 자료들이 많지만 가끔 도서관에도 없는 책
이 여기에 있어요. 그리고 헌책방이 좋은 건 사람들이 오래전에 적어둔 글자
들을 볼 수 있어서죠. 도서관 책에는 낙서를 할 수 없지만 여기 책에는 사람들
이 적어놓은 낙서들이 있거든요. 책갈피가 있는 경우도 있고 수업 시간에 필기
한 흔적도 있고. 헌책방은 정말 시간 창고 같아요. 오래된 책 냄새도 좋고요."

황진욱(26세, 대학생)

헌책방은 말한다,

오래된 책을 펼쳐 냄새를 맡아보세요.
그 냄새가 당신을 다른 곳으로 이끌지도
몰라요. 그리운 시절이 있다면 거기로.

06

Place

작명소

내 이름을 몇 번 되뇌게 하는 곳

휴대전화에 나를 어떤 단어로 저장했나요?

내 맘에 쏙 들 만한 예쁜 단어도 좋고

조금은 우스꽝스러운 것도 괜찮아요.

그런데,

특별한 의미는 꼭 있었으면 좋겠어요.

특이한 다큐멘터리를 본 적이 있다. 보통 흔하다고 하는 이름을 가진 사람들을 찾아다니며 그들의 삶을 다룬 외국 다큐멘터리였다. 내 이름도 흔하지만 외국 이름도 참 흔한 게 많았다. 이름이 같은 여러 사람들을 만나 그들의 일상을 자연스럽게 촬영한 다큐멘터리였는데 영상이 끝날 때쯤 마음이 찡해졌다. 뭐랄까, 같은 이름이 무색해지는 느낌.

이름이 똑같은 사람들의 일상은 이랬다. 이름이 같은 A는 아주 밝았지만 또 다른 A는 내성적이었다. 또 자신의 영역에서 열심히 살아가는 사람과 아직 꿈을 찾지 못해 고민하는 사람이 있었다. 그 다큐멘터리의 메시지는 무엇일까 한참을 생각했다. 왜 하필 같은 이름을 가진 사람들을 일일이 찾았던 건지, 그리고 각각 다르게 살아가는 그들을 보며 내가 놀란 이유는 무엇인지 말이다. 당연히 성격이 다르고 살아가는 모습도 다를 텐데 난 왜 그리 놀랐던 걸까.

사촌 동생 태명을 지어야 한다는 친구를 따라 작명소에 들렀던 날, 참 많은 사람이 이름과 사투를 벌이고 있음을 알았다. 이름 때문에 안 좋은 일을 당했다는 사람, 이름이 흔해 싫다는 사람까지. 그들이 왜 그토록 이름에 중요성을 두는지 곰곰이 생각했다. 이름 자체로 대중의 입에 오르내리는 사람이 아니라면 말이다. 아마 누군가가 나를 기억하는 매개체가 이름이라서가 아닐까. 낯선 사람을 만나 사람끼리 관계를 맺을 때 가장 먼저 알게 되는 것이 이름이니 말이다.

문득 내 이름에 대해 생각했다. 매일 수많은 사람들이 내 이름을 부르고, 나는 다른 사람에게 날 소개할 때 제일 처음 내 이름을 말한다. "저는 이지혜라고 합니다." 하루에도 수없이 많이 내 이름을 보고 말하면서도 이름에 담긴 뜻을 풀어 읽진 않았다. 여기서 말하는 '뜻'이란 한자를 해석한다거나 단순한 해설을 의미하지 않는다. 나와 같은 이름을 가진 사람과 나는 분명 다르다는 것을, 한자어 해석이 아닌 다른 의미 부여가 필요하다는 것을 말한다. 작명소에서 문득 난 어떤 사람으로 살고 있는지 생각해보게 됐다.

{ 작명소에서 만난 Her story }

"곧 태어날 아기 이름 지으러 왔어요. 님편이랑 둘이 지으려다가 그래도 좋은 뜻이 들어간 이름 지어주려고요. 제 이름에 만족하고 살아와서 불만은 없지만 친구들 보면 자기 이름에 불만이 있는 친구도 많더라고요. 초등학생 때도 이름 때문에 짓궂은 별명 생기고 그러잖아요. 혹시라도 아이가 놀림을 당할까 봐 예쁜 이름 지으려고요. 저는 특이한 이름도 좋아하는 편인데 남편은 싫은가 봐요. 이름이 별것 아닌 것 같지만 생각해보면 사람과 이름이 은근히 어울려요. 친구 이름을 떠올려보면 그 친구 얼굴이나 분위기랑 참 잘 어울려요. 예를 들어 이름에 꽃이 들어가는 친구가 있는데 정말 꽃같이 마음이 예쁘거든요. 그러고 보면 이름이 사람을 만드는 것 같기도 해요." **최은별(31세, 주부)**

{ 작명소에서 만난 His story }

"이름에 콤플렉스가 많았어요. 그래서 항상 개명을 해야지 다짐했는데 생각보다 절차가 까다롭더라고요. 처음엔 독특한 이름 때문에 놀림을 받는 것 같아서 속상했어요. 괜히 부모님께 화내기도 하고. 그런데 반대로 고등학교 학생회장 선거를 할 때 독특한 이름이 한몫했어요. 당선되진 않았지만 오래 기억해주더라고요. 근데 이제 취업 준비도 해야 하고…… 아직 개명 신청을 한 건 아닌데 어떤 이름이 어울릴까 와봤어요. 부모님께 살짝 죄송스럽기도 하지만 또 다른 인생을 살 수 있지 않을까 해서 바꾸려고요."

-이 분은 가명입니다. 그는 어떤 이름으로 바꿨을까요? 이름이 바뀌면 새로운 인생이 펼쳐질 것 같다던 그. 그에게 '축복' 같은 인생이 펼쳐지기를 바라는 마음에서 '윤축복'이라는 이름을 선물합니다. **윤축복(가명, 22세, 무직)**

작명소는 말한다,

누군가를 처음 만나 자신을 소개할 때, 가장 먼저
입에 올리는 단어, 이름. 당신의 이름은 무엇인가요?
이름이 예쁘든 특이하든 당신은 하나의
소중한 존재입니다.

07 옥상
Place

내 시선을 살짝 내려서 보는 곳

지나가다 내 눈이랑 마주쳤다고요?

내 눈을 보고 찌릿한 느낌을 받았다고요?

난 그저 가만히 있었는데.

내 눈에 고인 눈물을 발견하고는

그렇게 다가온 건가 봐요.

그래서 가끔은 눈을 바라볼 수가 없어요.

같은 위치가 아닌 좀 높은 곳에선 눈이 마주치지 않겠죠?

가끔 나만 제일 힘든 것 같고 바쁜 것 같은 때가 있다. 지극히 편협한 생각이지만 그래도 누구나 이런 적이 있을 거다. 이별을 할 때 자기가 제일 아픈 것처럼 느껴지듯이. 인간이라면 누구나 아픈 감정, 힘든 감정이 있는 건 당연한데 말이다.

친구가 전화로 직장에서 받는 스트레스를 나에게 쏟아냈다. 그걸 들으면서 나는 '내가 더 해', '너 정도라면 나는 참을 텐데'라는 말을 속으로 삼켰다. 상대방이 아무리 아프다고 해도 내가 겪어보지 않았으니 그 정도를 모르고, 자기 아픈 것만을 쳐다보며 내가 이 세상에서 가장 힘들다고 자기 위안을 하게 된다. 상대방이 내 앞에서 울어도 내 눈에서 흐르는 눈물이 아니라서 얼마나 뜨거운지, 얼마나 차가운지 모른다. 다만 어설픈 짐작을 할 뿐.

한참 통화를 하다 마음이 답답해져 옥상으로 갔다. 왜 드라마나 영화에서 주인공들이 고민을 서로 털어놓거나 소리를 지를 때 옥상으로 가나 생각했다. 조금은 알 것 같았다. 옥상에 올라가 깨끗하고 넓은 하늘을 올려다보다가 아래를 내려다보면 또 복잡하고 바쁜 세상이니, 바로 이상과 현실 그 중간에 있는 기분이랄까. 답답한 마음에 하늘을 올려봤다가 다시 마음을 가다듬고 현실로 오는 그런 행복한 두 얼굴.

그런 생각을 하며 5층 아래 길을 지나는 사람들을 내려다봤다. 밤에 일을 마치고 이제야 퇴근하는 사람, 아직도 열심히 튀김을 만들고 있는 분식집 아주머니, 컴컴한 길을 걸으면서도 휴대전화 불빛을 비춰 노트를 보고 있는 학생까지 각양각색이었다. 조금 위에서 내려다봐서일까. 평소엔 보이지 않던 모습들이 보였다. 같은 위치에서 걸을 땐 발견하지 못한 모습이었는데. 나는 잠시 현실에서 빠져나와 쉬고 있는데 아직도 한창 고단한 현실을 살고 있는 사람들이 많았다. 이상을 꿈꾸는 것이 어쩌면 욕심일지도 모를. 눈을 다시 돌려 하늘을 올려다보니 별이 반짝 빛나고 있었다. 하늘 밑에 내가 있고 내 밑에는 또 수많은 인생이 있는 신기한 기분이랄까. 마치 가끔 위, 아래를 내려다보며 자신이 서 있는 위치를 살펴보라는 속삭임 같았다. 매일 앞만 보는 시선이 아닌.

{옥상에서 만난 Her story}

"일부러 옥탑방을 구했어요. 방이 비좁고 구조가 조금 불편하긴 하지만 옥상이 있는 곳을 찾았죠. 드라마 보면 가끔 여주인공이 답답할 때마다 옥탑방이 딸린 옥상에서 이런저런 생각을 하잖아요. 저도 그걸 꿈꿨는지도 몰라요. 고민이 많은 편은 아닌데 속이 답답할 땐 그냥 옥상에 앉아 있어요. 건물이 높은 건 아니지만 그래도 옥상에서 아래를 내려다보면 답답함이 사라지더라고요. 걸어 다니는 사람들도 구경하고 지나가는 자동차도 내려다보고…… 속이 좀 뚫려요. 고층 건물들이 많은 서울에서 살다 보니 가끔 답답할 때가 있어요. 그런데 일단 옥상에 있으면 위에 있는 건 하늘뿐이니까 하늘을 보게 돼요. 옥상 벤치에 누워서 하늘을 보는 게 즐거워요." **강은정**(22세, 포털사이트 기자)

옥상은 말한다,

내 어깨를 툭 치고 지나가는 사람, 신호등 앞에서 무표정으로 신호를 기다리는 사람…… 잠시 그들을 떠나 옥상으로 가세요. 옥상은 이상과 현실이 만나는 곳입니다.

08
Place

연습실

틀리고 넘어져도 연습이라는 단어에 감사한 곳

장미를 건넬까,

프러포즈 노래를 부를까,

아니면 편지를 쓸까.

한 백 번은 넘게 혼자 생각했을 거예요.

내 마음을 전하기까지 참 어렵네요.

그래도 당신 앞에 서기 전이 나아요.

내 맘대로 다 해볼 수 있잖아요.

'끝'이라는 단어는 무서운 단어다. 시간이 정해져 있다는 두려움과 더 이상 뒤가 없다는 허무함이 묻어나기 때문이다. 끝이 있기에 고지가 보인다는 안도감도 있지만 반대로 그때가 최후라는 생각에 더 불안하기도 하다. 아마 끝이라는 단어가 제일 무서워 보이는 것이 꿈, 미래 아닐까. 미래와 꿈에 끝이 있다면…… 언제 끝날 건지 예측이 간다면 참 무서울 것이다.

끝을 아는 사람, 그리고 점점 끝이 다가옴을 느끼는 사람들이 있는 곳, 바로 연습실이다. 무엇을 연습하고 있든, 무엇을 꿈꾸고 있든 곧 공연이라는 끝을 앞두고 있기 때문이다. 친구를 응원하러 갔던 날 그들에게서 간절함을 보았다. D-6이라 적어놓은 큰 글자와 달력 곳곳에 표시된 동그라미들. 한참 연습실 풍경을 바라보고 있는데 꽤 오랫동안 특정 부분만을 계속 연습하는 남자가 보였다. 듣는 나조차도 지겨운데 그 사람은 얼마나 지겨울까. 그런 와중에 그 사람은 나에게 한마디 건넸다. "곧 이 연습도 끝이에요. 며칠 안 남았으니까 죽도록 해야죠"라고. 그는 끝이라는 단어를 말하며 두려워하기보다는 기대하는 것 같았다.

지난해 내 길이 아닌 것 같아 방향을 바꾸려 했을 때도 내겐 하나의 끝이 존재했다. 하나를 끝내고 난 후 정리를 해야 할 것도 많았고 또 다른 내가 되도록 나를 적응시켜야 했다. 그런데 난 잠시 머물러야 하는 그 끝이 두려워 또 다른 곳을 찾아 급하게 길을 갔다. 잠시 머무르는 그 끝에서 누가 나에게 질책을 할까 봐 두려웠던 걸까. 생각해보면 끝이 존재할 때 더 많이 노력하고 뜨겁게 살았던 것 같다. 끝나는 시점, 지금까지 달려온 것들을 마무리할 시점을 알아야 더 뜨겁게 노력할 수 있다.

연습실에서만큼은 끝이 가장 멋져 보였다. 하나의 시점을 정해두고 그날에만 몰두하여 모든 이성과 감성을 뽑아내는 것, 끝이라는 단어를 가장 가까운 목표로 삼고 넘어지고 울더라도 끝까지 해보는 것, 바로 연습생 친구들이 보여준 모습이다. 끝이라는 것이 그들의 목표일 테고 그들은 그 누구보다 그날을 기다릴 것이고 결국 그들에게 그날은 열릴 것이다.

이것은 분명하다. '끝이 두려워' 목표점을 너무 멀리 잡아둔 사람보다 '끝이 있는' 그들이 훨씬 뜨겁게 살고 있다는 것.

{ 연습실에서 만난 His story }

　"춤 연습실은 공기가 참 탁하죠? 땀 냄새도 나고 다들 거칠게 숨을 쉬고요. 곧 공연이 있어서 춤 연습을 하는데 할 때마다 불안한 건 결과를 모른다는 거예요. 저희들 다 열심히 하긴 하지만 공연에는 내로라하는 친구들이 모이니까 내가 몇 등을 할지 알 수 없거든요. 가끔은 다른 경쟁 팀들을 모르니 우리가 제일 잘하는 것 같고, 당연히 1등할 것 같기도 해요. 그런 생각을 하면 연습할 때도 힘이 솟는데 이번처럼 쟁쟁한 공연 연습을 할 땐 속이 답답해요. 얼마나 연습을 해야 할지도 모르겠고 다들 열심히 할 테니까요. 그래도 계속 해야죠, 뭐. 수상을 하든 안 하든 할 수 있는 건 연습밖에 없으니까. 연습이 결국 우승을 선물하겠죠. 연습실에 있는 사람들은 다들 무조건이라는 단어를 믿게 되는 것 같아요. 춤이든 뭐든 연습실은 다 똑같을걸요? 그래서 밤새 연습실 불은 안 꺼지죠. 연습을 안 하면 불안하니까요." **최민수**(23세, 대학생)

연습실은 말한다,

언제 끝날지 모르는 연습이라도, 어떤 결과를
가져올지 모르는 연습이라도 노력의 힘을 믿으세요.
그래도 결승점에 갔을 때보단 지금이 편안하고
열정적이니까요.

09
Place

지하철 환승역

노선을 몰라, 혹은 노선이 많아 혼란스러운 곳

뭘 망설이나요.

여기저기 갈 곳이 많은데.

사랑은 또 다른 사랑으로 잊는대요.

사람은 또 다른 사람이 채워준대요.

그러니,

우리 인생도 또 다른 인생이 메워줄 거예요.

내 친구가 유독 지하철을 타기 싫어하는 이유는 하나, 환승역이 복잡해서다. 각기 다른 호선을 가야 하는 사람들이 한데 모여 있어서 복잡하기도 하고 또 왜 그리도 환승역이 헷갈리게 되어 있는지.

나에게도 삶의 환승역을 가야 할 때가 있었다. 오래전 일이지만 환승역을 지나기가 꽤 힘들었던 탓에 아직도 기억이 생생하다. 원하던 일일 거라 믿으며 급하게 시작했지만 성급한 기대감만 있어서였을까 점점 환승을 해야겠다는 생각이 들었다. 출구가 몇 개나 있어서 밖으로 그냥 나가볼까도 했지만 그러기엔 밖이 너무 추울 것 같았다. 1번 출구에는 무엇이 있는지, 4번 출구엔 또 무엇이 있는지 감이 잡히지 않았다. 그러다가 어떤 마음이었는지 일단 환승역을 가야겠다는 단호한 마음의 불이 켜졌다. 망설이기만 했던, 조금 뒤로 미뤄뒀던 길이 생각났다. 환승을 하는 방법이 없는 것도 아니고, 모르면 다시 돌아가면 되는데 무엇이 무서웠는지. 용기를 내어 환승역에 가보기로 했다. 환승역 앞에는 길을 잃고 주저앉아버린 청춘이, 하고 싶은 것은 있지만 어떻게 해야 할지를 몰라 서성거리는 청춘이 있었다. 그래도 무턱대고 출구로 나가버리지 않은 몇몇의 청춘이 참 대견했다.

고민 끝에 난 환승역을 택했고 그 후로 지금까지 꽤 건강하게 길을 가고 있다. 마음도 몸도 그리고 나의 지하철 노선도도 말이다. 환승을 안 하고 편안하게 목적지까지 가도 되지만 환승을 해서 가는 것도 또 다른 방법일 수 있다. 길이 없는 것도 아니고 전혀 다른 곳으로 가는 것도 아니다. 5호선을 타고 쭉 가도 물론 목적지에 다다를 수 있지만 중간에 6호선을 타고 가면 조금 다른 풍경, 다른 사람들을 만날 수 있다. 많은 사람들이 환승역을 그저 다른 길로 가는 역으로만 생각해서 환승을 두려워하는 것 아닐까. 조금 다른 방법으로 가는 것일 뿐인데.

많은 친구들이 환승역 앞에 서 있다. 잠시 발을 담갔다가 상처를 입기도 하고, 환승역을 잘못 찾아와서 주저앉기도 한다. 그렇지만 하나의 노선으로만 쭉 가는 친구들이 마냥 행복해 보이지만은 않는다. 물론 뒤죽박죽 길이 엉킬 위험도 없고 낯설지도 않으니 편안할 수는 있다. 하지만 나는 가지 않은 곳에서 새로운 길이 열릴 거라 믿는다.

다시 환승역이 생각나게 되면 지하철 노선도를 펴봐야겠다. 아직 가보지 않은 새로운 노선을.

{ 지하철 환승역에서 만난 His story }

"지하철을 탈 때마다 환승역 때문에 헷갈려요. 버스를 타고 다녀서인지 지하철이 어렵네요. 노선은 왜 이렇게 많은지……. 2호선을 타고 와서 영등포구청역에서 5호선으로 갈아타라는데 5호선 환승역이 어디인지 모르겠어요. 지난번에는 환승역을 놓쳐서 지하철에서 내리지도 못하고 앉아 있지도 못하고 발을 동동 구르고 있는데 옆에 젊은이가 어디로 가는지 묻더라고요. 그래서 말하니까 몇 정거장 더 가면 다른 호선 환승역이 나오니까 거기에서 내리면 된대요. 다행이다 생각하고 거기에서 내렸죠. 어차피 급하게 가는 길도 아니었고 다른 역에서 내려도 목적지에 갈 수는 있잖아요. 그래서 이제는 마음 편히 다니려고요. 뭐 환승역을 놓치면 다른 역에서 내리면 되고, 좀 늦게 도착해도 가면 되는 거니까." **박규현(40세, 자영업)**

지하철 환승역은 말한다,

몇 호선을 타든 시간이 오래 걸릴 뿐이지
당신이 원하는 곳에 도착할 수 있어요. 조금 다른
노선으로 가는 것일 뿐, 도착지는 그곳에
있으니까요.

10
Place

면접장
준비, 준비를 새겨야 하는 곳

엿들으려고 한 건 아닌데.

휴일엔 그쪽 카페에 자주 간다면서요.

그래서 그냥 자주 가게 된 것뿐이라고요.

우연히 들었는데 생각이 나더라고요.

어쨌든,

일부러 들었든 우연히 들었든

지금은 우리 둘이 손잡고 가고 있어요.

한 작사가의 인터뷰 기사를 읽은 적이 있다. "모두 경험에서 나오는 가사인가요?" 기자 질문에 작사가의 대답은 의외였다. "아니요. 그냥 불쑥 생각나서 써요." 다시 기자가 "불쑥불쑥 어디서 생각이 나세요?" 질문을 하자 "길거리 지나다 엿듣는 말도 있고, 친구랑 수다 떨다가 흘렸던 말이 기억날 때도 있죠." 작사가의 가사를 만든 것은 사소한 것을 담은 습관.

항상 불쑥불쑥 생각이 떠오르면 얼마나 좋을까. 멋진 사랑 고백을 받았을 때 내가 더 멋져질 수 있는 대답, 지나가는 사람이 시비를 걸 때 당황하지 않은 척 대응할 수 있는 대답, 어린 꼬마가 황당한 질문을 해도 세상을 오래 산 언니처럼 보일 수 있는 대답…… 이런 대답들이 불쑥불쑥 생각나면 좋겠다. '준비된 것처럼 보이는' 즉흥적인 사람.

이런 사람이 제일 부러운 곳이 바로 면접장 아닐까. 어떤 질문이 나올지 백 개를 예상해 가도 빗겨가는 질문이 있다. 합격 후에 생생한 면접 현장을 설명하던 한 친구는 '버스'가 고맙다고 했다. 생뚱맞게 왜 버스냐고 묻자 우연히 버스에서 들었던 노래가 생각나서 면접관에게 노래 이야기를 했단다. 가장 힘들었던 때가 언제였느냐는 질문에 당황하다 갑자기 머리에 스친, 버스에서 들은 노래를 빗대어 답했고 면접관이 칭찬을 했다는 이야기. 언제 어떤 질문이 나올지 모르는 상황에서 그때 답할 수 있는 건 어디선가 들은 것 같은, 어디선가 읽은 것 같은 그런 거다. 눈을 크게 뜨고 귀를 활짝 열고 세상을 궁금해했기 때문에 나올 수 있는 대답이다.

우리는 필요한 말만, 중요한 정보만 가려서 담고 있는 건 아닌지 모르겠다. 관심 없는 분야라며 서점에서 거들떠보지도 않는 책들이 얼마나 많은지, 또 좋아하지 않는 사람이라고 텔레비전 채널을 돌리는 프로그램은 또 얼마나 많은지 말이다. 그렇게 우리가 마음대로 평가하고 지나치는 수많은 것들이 우리에게 언제, 어떻게 힘이 될지 모른다. 불쑥 길을 지나다 들은 이야기로 멋진 가사를 쓴 작사가의 노래가 수많은 사람의 마음을 흔든 걸 보면, 듣지 않아도 되는 말은 없는 것 같다.

 길을 걸을 때도, 라디오를 들을 때도, 산책을 할 때도 더 많은 이야기와 만나야겠다.

{ 면접장에서 만난 Her story }

"오늘도 면접을 보러 왔어요. 올해만 벌써 세 번째인데 이번엔 잘됐으면 좋겠어요. 면접을 볼 때마다 배우는 게 있어요. 면접을 보고 나오는 사람들 표정도 가지각각이고요. 웃는 사람도 있고 우는 사람도 있고 긴장이 사라지지 않는 사람들도 있어요. 그런데 제가 생각하기에 다들 공통점은 아쉬움 같아요. 더 잘할 수 있었는데 왜 그 정도밖에 못했을까, 머리에 있는 것들이 툭툭 튀어나오면 좋을 텐데……. 저도 오늘 조금 아쉽지만 그래도 제 머릿속에 있는 것을 다 쏟아냈으니 괜찮아요. 다음번엔 더 많은 것을 담아서 오려 합니다."

강한미(24세, 취업 준비생)

면접장은 말한다,

면접 때 당신은 어떤 이야기를 했나요?
한 달 전부터 준비한 대답이 아니라
면접장으로 오는 택시 안에서 우연히 들었던
이야기는 아닌가요? 언제, 어디에서 우리에게
필요한 이야기가 들릴지 모릅니다.

11
Place

산
올라갔으면 내려가기도 해야 하는 곳

숨을 좀 고르고 싶어요.

헥헥거리는 숨을 조금 가다듬고.

이제 됐으니까 발걸음을 옮겨볼게요.

신발 끈을 질끈 묶고.

　실패를 맛본 사람들이 자주 하는 말이 있다. "나도 잘나가던 때가 있었는데……", "다시 봄날이 오려나?" 그들이 말하는 잘나가던 때와 봄날은 어떤 날일까. 아마도 실패를 하기 전 성공을 맛봤던 때겠지. 기뻤던 때, 뿌듯했던 때가 있었기에 힘든 순간이 더 쓰게 느껴질 것이다. 그래서 오르면 내려오기가 힘들다고 하는 것일까.

　등산을 갔던 날, 내가 유난히 좋아하는 산책로로 향했다. 그 길은 정상을 향해 올라가는 내내 아래를 내려다볼 수 있고, 예쁜 바위들과 나무들이 가득해 오르는 길이 힘들지 않다. 나만 그렇게 느낀 것이 아닌지 올라가는 사람들 모두 사진을 찍고 풍경을 마음에 담으며 활짝 웃는 모습이었다. '산에 오르는 길이 제일 예쁜 곳'이라고 손꼽을 만큼 나에겐 그 길이 참 소중하다.

　정상에 올라 만세를 부르고 산에서 내려오는 길, 그날도 여느 때처럼 넘어질까 봐 조심스럽게 바닥을 보며 걷고 있었다. 전화 한 통을 받느라 꽤 오래 한자리에 서 있게 됐을 때, 난 오르막길보다 더 아름다운 내리막길을 보게 되었다. 통화를 하며 자연스럽게 내려가는 길을 관찰하다 보니 그동안 무심코 지나쳤던 풍경들이 마음에 들어왔다. 지난번 이 산에 올랐을 때의 즐거움이 생생했던 나는 이번에도 오르막길에 있던 나무, 바위만을 상상하며 이곳에 왔을 뿐 내려가는 길에 불과한 내리막길은 그냥 지나쳤던 것이다. 정상에서 만세를 부르곤 마치 목표를 이룬 것처럼 더 이상 내려가는 길은 중요하지 않았던 것. 오르기에만 급급해서 내려올 때는 어떠한 목적조차 없었다.

　정상은 물론 좋다. 누구나 한 번쯤은 도전, 아니 얻고 싶은 단어다. 그런데 정상에서 맛본 희열 때문에 내려오기가 쉽지 않다. 살짝만 내

려와도 우르르 무너진 것처럼 느껴지니까. 정상에 올랐다면 거기서 내려오는 건 어쩌면 당연한 일이다. 그리고 또 다른 정상에 초대받기 위해서라도 제대로 내려오는 법을 익혀야 한다. 내려가는 풍경이 낯설어 헤맬 수는 있지만 올라갔던 길과 다르지 않은 길이고 단지 내가 몸을 반대로 돌리고 시선을 달리하기만 하면 된다.

이제 내려오는 길이 올라가는 길보다 더 아름다워 산을 찾게 될 것 같다.

{ 산에서 만난 Her story }

"일주일에 두 번씩 산에 와요. 처음에는 건강 문제로 산에 오르기 시작했는데 몇 달을 그렇게 하고 나니 건강이 회복된 것 같아 한 달을 쉬었어요. 그랬더니 금방 다시 몸이 안 좋아지더라고요. 지금은 그냥 편한 마음으로 다녀요. 오를 땐 힘들지만 내려오면 뿌듯하고 뭔가를 해낸 것 같아요." **진숙경(43세, 주부)**

{ 산에서 만난 His story }

"아까는 아이들이 산에 오르다 미끄러진 거예요. 그러다 내려올 때 보니 어쩌나 잘 내려가는지. 올라갈 때는 힘들어하더니 내려가는 건 그래도 쉬운가 봐요. 내려가는 건 올라가는 것보다 시간이 덜 걸리기도 하고요. 뛰어가는 사람들도 간혹 보이네요. 올라갈 때도 뛰어갈 수 있었으면 좋겠어요."

이수혁(27세, 자영업)

산은 말한다,

올라가는 법보다 어쩌면 내려오는 법이 더
중요할지도 몰라요. 누구나 다 오르고 싶어 하지만
내려오고 싶어 하진 않거든요. 강한 사람이 되는
길은 잘 내려오는 것입니다.

12
Place

인쇄 골목

내 마음이 종이 위에 남는 곳

왜 돌멩이에, 책갈피에 글을 적었어요?
이렇게 당신이 글자로 안 남았으면
금방 당신을 잊었을 텐데.

별 이야기도 아닌데 쪽지에 적어서 전하기, 그냥 전화로 해도 될 말을 편지지에 적어 전하기…… 나의 취미이자 특기다. 단순한 취미가 특기일 수 있는 이유는 점점 이 취미를 가진 사람이 줄어들어서일 것이다. 물론 문자 메시지도 하나의 짧은 편지지만.

아끼는 사람에게 특별한 편지를 적어준 적이 있다. 그냥 말로 해도 되는데 편지를 쓴 이유는 '다음에도 이 말을 할 것 같아서'이다. 이 뜻은 항상 내가 해주고 싶은 말이라는 의미다. 사람의 말에 자주 다치고, 작은 시련에도 넘어져서 한참 후에 일어나던 친구였기에 내가 편지에 적은 말들은 내일도, 다음 주에도 그 친구에게 해줘야 했다. 편지를 건네고 며칠이 지났을까, 또 울고 있는 친구에게 문자 메시지를 건넸다. "그때 그 편지 읽어." 그렇게 몇 차례 친구는 내 편지를 꺼내 읽었다. 그 친구는 나에게 내 편지가 '책'이라고 말했다. 힘들 때, 슬플 때 찾게 되는 책. 우리가 책을 사고 읽으며 문장에 밑줄을 치는 것도, 아니면 따로 수첩에 문장들을 적어놓는 이유도 이와 비슷할 거다. 자주 듣고 싶은, 자주 들어야 할 문장들.

인쇄 골목에는 수많은 문장이 있다. 가끔은 이렇게 같은 문장이 몇천 장, 몇만 장 복사되어 인쇄되는 것이 슬프기도 하다. 직접 나만을 위해 적어주었더라면, 나만을 위한 문장이라면 얼마나 좋을까. 하지만 더 많은 사람에게 이 문장들이 선물로 퍼져야 하니까. 수많은 문장이 똑같이 복사되어 남는다는 것은 그만큼 마음들이 남는 것이 아닐까. 누군가가 그랬다. 음악이든 책이든 그것은 저자의 심리 상태를 기록한 거라고. 책에는 분명 문장을 쓴 사람의 마음이 담겨 있다. 그 마음이 한 사람에게만이 아니라 더 많은 사람에게 전달될 수 있도록 해주는 곳이 인쇄 골목이다.

　마음이 글자로 남는다는 건 참 고마운 일이다. 물론 말이 더 좋을 수도 있다. 아무 감정이 없는 글자보다는 소리의 높낮이로 지금 감정 상태를 드러내는 말이 더 따뜻할지도 모른다. 그래도 내가 인쇄 골목을 사랑하는 이유는 좋은 마음은 '복제'되어야 모두가 나눠 가질 수 있다는 믿음 때문. 마음도 복사가 되나요? 이 질문이 조금이나마 가능해 보이는 곳.

{ 인쇄 골목에서 만난 His story}

　"인쇄 골목에서 일한 지는 10년 정도 됐어요. 젊었을 때는 다른 일을 했거든요. 이 정도 일하다 보니 자주 작업하는 것은 문장을 외울 정도예요. 하하. 그래도 좋은 말들을 외우니까 좋아요. 인쇄 종이도 여러 가지, 글자체도 여러 가지예요. 종이, 글자체에 따라 느낌이 달라지는 것 같아요. 기계 소리도 시끄럽고 글자들을 너무 많이 봐서 고단하긴 해도 이 일이 즐거워요. 그런데 이렇게 많은 책들을 사람들이 다 읽긴 읽나요? 하하." **박창구(54세, 인쇄업)**

인쇄 골목은 말한다,

말로 하기 부끄럽다면 글자로 전해보세요.
당신이 매일 그 말을 해주지 않아도 그 사람이
꺼내 읽을 수 있도록. 밤이면 밤마다.

13
Place

재활센터
나아지리라는 믿음만 갖는 곳

우리 사이가 나아질까요?

아니면 결과를 알면서도 계속 이대로 지내야 하나요?

모르겠어요. 어떻게 해야 하는지.

더 나아질 거란 믿음을 줘요.

가끔은 이유 없이 무언가를 하고 싶다. 삶에 이유가 없어서는 안 되겠지만 수많은 이유 때문에 내가 원하는 것을 버리거나 또 억지로 얻어야 할 때가 있으니 말이다. 하기 싫지만 이유가 있어 공부를 하거나, 원하지 않지만 가야 해서 가는 목적지. 목적지라는 것이 자신의 뜻이면 '가고 싶고 닿고 싶은 곳'이 되지만 자신의 뜻이 아닐 경우엔 '결국 가게 되는 곳'이 된다. 사랑도 아무 이유가 없을 때 가장 행복하게 '끌려가는 것'처럼 이유 없이 무언가를 할 때 가장 즐거운 것 같다.

운동하는 곳은 항상 활기가 넘친다. 아마 목적이 뚜렷해서가 아닐까. 누군가에게는 건강, 누군가에게는 몸매 관리, 또 누군가에게는 경기 준비일 수도 있으니 말이다. 목적, 이유가 있는 사람들의 얼굴에는 비장함과 각오가 있다. 점점 건강해지는 소리, 음악에 맞추어 즐거워지는 소리, 그리고 점점 몸이 예뻐지는 소리까지 가득하다. 산 정상이나 운동장에 활기가 넘치는 이유다. 몸이 건강해지면 마음도 건강해진다는 믿음 때문.

우연히 지나치게 된 곳에서 슬프지만 더 굳센 믿음을 발견했다. 건강해지리라는 믿음, 건강해져야 한다는 믿음이 가득한 곳에서 사람들은 즐거워 보이지 않았다. 아니, 즐거움을 말하기엔 '절실함'이 너무 가득해서인지도 모르겠다. 절실한 것이 이루어져야 즐거운 법이니까.

"몸이 점점 굳어서 운동해요." 한 중년 아주머니가 몸을 바들바들 떨며 다리 운동을 하고 있었다. 그 말에 담긴 의미를 한참 생각했다. 몸이 굳어지는 것이 두려워 운동을 하는 것과 몸을 더 멋지게 하기 위해 운동을 하는 것, 큰 차이일까? 물론 몸을 건강하게 하기 위한 것은 같지만 지금의 마음이 다른 것 같았다. "사실 좋아질지 안 좋아질지 몰라요. 안 하는 것보단 낫겠죠." 안 하는 것보다는 낫다는 말, 그 한 마디에 내 머리가 멍해졌다. 어떤 결과를 바라기보다 하지 않으면 안 되기에 하는 것. 참 슬픈 일이다. 목적이 의지보다 앞서는 곳, 강한 의지를 보여주려고 해도 '해야 한다'는 목적이 있기에 앞을 가려버리는 곳, 그러면서 또 '건강', '삶'이라는 단어 때문에 포기할 수도 없는 곳. 목적, 이유에 내 의지를 담고 싶지만 때론 그들처럼 내 의지조차 목적에 묻힐 수 있음이 참 슬프다.

{ 재활센터에서 만난 Her story}

"재활 치료를 해야 한다고 해서 3개월 전부터 하고 있어요. 별로 좋아지는 것 같진 않은데 그래도 예전에 비하면 나아졌겠죠? 옆에 좋아지는 사람들을 보면 열심히 해야겠다는 생각을 해요. 예전에 건강할 땐 운동을 좋아했는데 아프고 나니까 운동이 지겹더라고요. 꼭 해야 하니까 힘든 것이 되어버렸어요. 즐겁게 운동을 해야 마음도 즐거울 텐데 말이에요. 그래도 건강을 찾기 위한 과정이라고 생각하면 소중해요." **최석희**(59세, 주부)

재활센터는 말한다,

자신이 하고 싶은 일, 해야 하는 일 중에 고민하나요? 그 둘을 구분하는 것은 당신의 가슴이에요. 가슴이 뛴다면 하고 싶은 것이고 머리가 아프다면 해야 하는 일이죠. 그런데 가슴도 뛰고 눈도 번쩍 뜨이면 그건 하고 싶고 해야 하는, 그냥 당신의 일이랍니다.

Part. Four   어제와 오늘을 다르게 만드는,
                  순간을 마주하는 곳

대화를 할 때, 선물을 고를 때, 하루를 시작하거나
마감할 때…… 나와 너의 하루는 작은 '때'들이 모여
흘러간다. 때에 따라 섭섭할 만큼 짧은 순간들이
있기도 하고 만끽할 만큼 길기도 하다. 그 당시엔
순간의 길이, 즉 순간이라는 시간의 양에 연연한다.
얼마나 오래 기쁜지 얼마나 오래 슬픈지. 좋은 감정은
되도록 오래이길 원하고 나쁜 감정은 머무르는 시간이
최대한 짧기를 바라면서 말이다. 하지만 조금만
지나고 보면 '길이'는 생각나지도 않고 그저 '어떤 것을
하고 있었는지'만이 기억에 남는다. 그것들이 모두
우리의 추억이다.

특별하기도 하고 평범하기도 한 소소한 순간을 만들어
주는 공간들.

01
Place

꽃 가게
순간, 그 아름다움을 만끽하는 곳

영원한 것을 바라진 않았어요.

그냥 조금 오래 함께이면 좋겠다는 정도였지.

그렇지만 끝이라는 것 자체를 상상할 수 없었어요.

……그런데 생각보다 꽤 일찍 끝이 왔네요.

아프지 않았으면 좋겠지만

아파도 아름답게 아팠으면 해요.

'한때'라는 단어엔 어떤 의미가 있을까. 힘들다는 친구에게 "시련도 한때야"라는 말은 격려가 될 것이다. 잠깐 지나간다면 꽤 참을 만할 테니까. 그 반대로 한창 행복하고 즐거운 사람에게 '한때'란 단어는 허무함이 더 앞설 것이다. 적당한 때가 있다는 의미가 아니라 '끝날' 때가 있다는 것, 소위 '한때'를 보낸다는 건 어떤 의미일까. 한때의 가치는 물론 상대적이다. 한때를 간절히 원하는 사람에겐 그 짜릿함이 간절할 것이고, 한때를 지내본 사람은 그 짜릿함이 큰 상실감으로 다가오듯 말이다.

짧은 한때를 살지만 그 찰나가 참 아름다운 곳이 꽃집이다. 친구에게 프리지아를 선물하기 위해 꽃집에 들렀던 날, 꽃집에 들어서자마자 여느 때처럼 눈과 코가 나를 자극했고 한동안 행복했다. "오늘은 장미가 예뻐요"라며 장미를 추천하는 사장님을 보며 '오늘'이라는 의미가 어쩜 '한때'가 아닐까 생각했다. 저녁때가 되면 싱싱함이 사라지니까 얼른 장미를 데려가라고 했다. 그 몇 시간 사이 시드는 장미라니. 저녁때가 되면 다른 장미가 들어오고 교체된다는 말에 장미의 '한때'를 떠올렸다. 꽃이 빨리 시들어서 꽃이 싫다는 사람들이 이런 마음일까. 시드는 모습이 싫어서, 활짝 하늘을 향해 피어 있다 점점 고개를 숙이고 하나둘 잎이 떨어지는 꽃의 모습이 안타까워서겠지. 꽃집에 있는 생화들은 어쩔 수 없이 모두 한때를 산다. 그 한때에 사람들의 시선을 끌어야 선택이 되는 것이고 한때가 지나면 아무도 관심을 가지지 않는다. 한때를 사는 꽃 무리를 보며 우리 인생을 떠올렸다. 우리도 살아가다 보면 높이 올라가 한때의 맛을 본 후 내려오는 상실감이 분명 있을 것이다. 누구보다 가장 높이 있는 정상의 한때는 아닐지라도 모든 인

생엔 한때가 있으니까.

　한때의 인생을 살며 자신의 향기를 열렬히 내뿜다가 지는 꽃들을 보며, 그런 인생이 가득한 꽃집을 보며, 높이 올라갔다 내려오는 법을 알아야겠다는 다짐을 하게 됐다.

　올라가고 내려오는 것, 그것이 한때라면 우리 인생에 한때가 몇 번이나 올 수도 있겠지?

{꽃집에서 만난 Her story}

"엄마를 위해 꽃을 고르고 있어요. 예쁜 색깔도 많고 특이한 모양도 많지만 제가 가장 중점을 두는 건 오랫동안 시들지 않는 꽃이에요. 엄마가 꽃을 좋아 하시는데 너무 빨리 시드는 꽃을 보실 때면 되레 우울해지신대요. 장미를 사 고 싶은데 빨리 시들까 봐 걱정되고, 백합을 사고 싶은데 이것도 빨리 시들 것 같네요. 조화를 사드릴까 생각했는데 그건 또 향기가 없잖아요. 그런데 저는 꽃이 시들기 때문에 더 예쁜 것 같아요. 시들어버리면 좀 속상하긴 해요. 근데 반대로 말하면 질 때까지는 싱싱한 순간이 있다는 거잖아요. 문학 시간에 얼 핏 이런 시를 본 것 같아요. 열렬히 꽃을 피우다 생명을 다하기에 꽃이 아름다 운 거라고. 맞는 것 같아요. 저도 꽃처럼 짧더라도 아름다운 한때가 있었으면 좋겠어요." **강수진**(17세, 학생)

{꽃집에서 만난 His story}

"아내를 위해 꽃을 사요. 생일이거든요. 안개꽃을 골랐답니다. 생일 선물로 주기에는 너무 소박한가요? 꽃에도 꽃말이 있듯이 꽃을 보다 보면 생각나는 사람이 있어요. 저는 이 나이가 되도록 친구에게나 동창에게나 꽃을 선물하기 를 좋아해요. 그 사람과 어울리는 꽃, 그 사람 향기와 어울리는 꽃을요. 오늘 제 아내를 위해 고른 안개꽃은 제 아내를 닮았어요. 있는 듯 없는 듯 순박한 면을요. 안개꽃을 그냥 봤을 때는 주인공이 아닌 조연 같지만 안개꽃이 없는 꽃다발은 정말 허전해 보여요. 동반자가 되어주는 제 아내 같습니다."
황갑수(55세, 교수)

꽃집은 말한다,

꽃집에는 매일매일 새로운 꽃이 들어와요.
금세 시들어버리니까요. 하지만 그 찰나의 순간이
있기에 꽃은 아름답습니다.

02
Place

분실물센터

시간이 멈춘 곳

불쑥 가시처럼 나를 왜 찌르나요.

아물어가고 있는데 또 약을 발라야 하잖아요.

참 나빠요.

하긴, 당신 탓도 아니에요.

내가 잊은 게 아니라

잠시 잊고 싶었던 거니까요.

맞아요, 내 몫이에요.

아직도 잊지 못하는 분실물에 대한 기억이 있다. 매일같이 내 이야기를 잔뜩 적어놓았던 수첩을 잃어버렸던 날 한참을 헤맸다. 비싼 수첩도 아니고 누가 탐낼 만한 수첩도 아니지만 내겐 그 무엇보다 귀중했다. 내 이야기, 나의 매일이 적힌 것이었으니까. 한참을 생각해도 수첩을 찾을 좋은 방법이 생각나지 않아 그냥 털썩 주저앉았다. 수첩에 적어놓았던 나의 잃어버린 이야기들을 어떻게 복원해야 할지 막막했다.

어쩔 수 없이 아쉬운 마음을 접으려 할 때쯤 그 수첩이 다시 내 손으로 왔다. 수첩을 찾자마자 일단 그 수첩을 받아 들고는 수첩에 적었던 이야기들을 하나둘 읽어 내려갔다. 마치 다시 못 만날 것만 같던 인연을 다시 만난 것처럼, 잊지 않기 위해 다시 읽었던 것 같다. 끝 부분까지 읽었을 때 갑자기 마음이 쿵 내려앉았다. 글이 멈춰 있었다. 매일 적었던 글인데 잃어버렸던 그 순간부터 글이 멈춰 있었다. 날짜도, 내 이야기도. 다시 4일 전의 이야기를 떠올려 채워 넣을까 하다가 그냥 빈자리를 남겨뒀다. 지금도 가끔 펴볼 때마다 그때 생각이 난다. 시간이 멈춘다는 것이 얼마나 안타까운지, 횅한지 알게 되었다.

내 수첩을 찾아줬던 곳은 한 공연장 분실물센터였다. 나뿐 아니라 다른 사람들의 시간도 멈춘 곳이다. 수첩을 찾아가라는 연락을 받고 갔던 날, 그곳에는 멈춰버린 시계도 있었고 유행이 지나버린 점퍼도 있었다. 주인을 잃어버린 순간 그냥 시간이 멈췄던 거다.

꼭 무언가를 잃어버리지 않아도 시간이 멈춘 것들이 있다. 오래전 친구와의 추억은 그 친구를 만나기 전까지 그곳에 멈춰 있고, 이루어지지 않은 꿈도 이루어지기 전까지는 그곳에 멈춰 있다. 시간이 멈춘 것들이 꽤 많을 거란 생각에 슬픔이 조금 사라졌다.

{ 분실물센터에서 만난 Her story}

"딸 집에 다녀오는 길에 짐을 두고 내렸어요. 이것저것 챙겨준 걸 가져오다가 깜빡했죠. 텔레비전에서 보니까 지하철에서 내린 시간이나 자리를 대충 알아두면 찾기 쉽다고 해서 기억해뒀는데 덕분에 다행히 찾았어요. 휴…… 이런 데 처음 왔는데 분실물이 엄청 많네요. 나만 건망증이 심한 건 아닌가 봐요, 하하. 분실물이 맡겨진 날짜가 물건마다 붙어 있네요. 누군가 잃어버린 물건들이 저렇게 날짜를 달고 주인을 기다리는 거겠죠? 물건을 잃어버리는 건 자주 있는 일이지만 잃어버리면 며칠 속상하더라고요. 우리도 이렇게 안타까운데 매일 분실물을 바라보는 직원 아가씨 마음도 참 속상할 거예요. 어쨌든 물건을 잃어버리는 건 참 안타까운 일이에요." **윤미숙**(49세, 주부)

분실물센터는 말한다,

잃어버린 물건이 싸고 볼품없어도 당신의
물건이기에 소중한 거예요. 물건과 함께 보낸
시간이 하루든 1년이든 그 안엔 사연이 있습니다.

03
Place

인터미션
돌아보고, 준비하는 곳

대체 무슨 말을 하는 거예요.

나는 전혀 이해할 수가 없다니까요.

……

됐어요, 그냥 됐다고요.

애써 설명하지 않아도 돼요.

그래도 정 할 말이 남았다면 해요.

그렇다고 뭐가 달라지나요?

갑자기 공연장에 불이 켜지고 안내 방송이 들렸다. 잠시 쉬어가겠다는 인터미션(intermission, 공연 도중 쉬는 시간)이었다. 아직 이전 공연의 여운이 가시지 않아 멍하게 앉아 있는데 친구가 물었다. 조금 전에 여자 주인공이 왜 그런 말을 했는지 도저히 이해가 가질 않는다는 말과 함께. 주인공 인물 관계도를 머릿속에 간단히 그려볼 수 있도록 친구에게 설명해주었다. 자세한 설명을 하기엔 부족한 시간이었고 친구의 이해를 돕기 위해선 어떻게든 중간 정리가 필요했다.

그렇게 공연이 끝난 후 친구가 이런 말을 건넸다. 중간에 내 설명이 아니었으면 아예 다른 생각을 했을 테고 전혀 내용을 이해할 수 없었을 거라고. 그 말을 듣는데 과연 우리가 하는 말들 중에서 얼마만큼이나 이해하며 사는 것일까 하는 생각이 들었다. 내가 질문을 해야 할지, 하면 안 되는지에 대해 고민하는 동안, 이미 이야기는 흘러간다. 우리는 인생을 너무 '중간' 없이 살아가는 건 아닐까. 해석할 시간조차 없이 말이다. 상대방과의 인터미션이 없어 서로를 이해하지 못하고 상처를 주듯이.

인터미션이 청중들에겐 어떤 시간이었을까. 단순히 쉬는 시간은 아니었을 것이다. 주변 사람들의 이야기도 듣고 생각을 공유하는 시간이었을 것이다. 그거면 좋다. 자신이 궁금한 것이 무엇인지조차 모른 채 끊임없이 새로운 정보를 머릿속에 넣으려고 하면 후유증이 생기고 느낌표가 하나도 없이 오로지 물음표만 가득할 테니까. 사람 또한 인터미션이 필요한 존재다. 서로 감정이 어떤지 체크해주고, 다음 행동을 어떻게 해야 하는지 점검해주는 단계가 바로 인간 인터미션이다. 그래야 2막이 올랐을 때 당황하거나 놀라지 않을 수 있다.

"아까 그 여자가 왜 그런 말을 했어?" 하고 물은 친구의 인터미션. 두 시간짜리 공연을 보는 내내 그 인터미션은 그녀에게 좋은 시간이었을 거라 믿는다. 지나간 것에 미련은 두지 말되 그것을 궁금해하고, 그때 왜 그랬는지 돌아볼 인터미션. 인터미션 없이 2부를 바로 시작한다면 나중에 조금 더 아플 것 같다. 2부를 빨리 시작하는 것이 좋은 것이 아니라 2부에 등장할 것들을 옆 사람과 함께 예측하는 것이 가장 멋진 2부 아닐는지. 인생도, 공연도.

{ 인터미션에서 만난 His story }

"15분 쉬었다가 다시 이어간대요. 한창 재미 붙였는데 약간 아쉽네요. 그래도 뭐 배우들도 쉬어야겠죠? 공연을 좋아해서 자주 보러 오는데 항상 이 인터미션이 아쉬워요. 안 그럴 때도 있지만 클라이맥스에서 멈출 때가 많거든요. 그럼 다음 내용이 엄청 궁금해요. 제가 좀 유별나서 그럴 수도 있지만 궁금해서 못 참겠더라고요. 그래도 인터미션이 좋을 때가 있어요. 제 마음대로 다음 내용을 상상해볼 수 있으니까요. 다들 화장실 가고 음료수를 마시러 가고 할 때 저는 관객석에 앉아 있어요. 무대도 구경하고 이전 내용도 다시 되새기고……. 그래야 인터미션이 끝나도 공연 내용이 이어지는 것 같은 느낌이랄까."

전창복(29세, 웹디자이너)

인터미션은 말한다,

멈추기 싫을 만큼 하루하루가 잘 풀릴 때, 이대로만 쭉 갔으면 좋겠다고 생각될 때 잠시 멈춰보세요. 때론 잠깐의 멈춤이 더 나은 인생의 줄거리를 만들어줄지도 몰라요.

04
Place

응급실 앞

갑자기 찾아온 신호에, 지난날을 돌아보는 곳

내가 강한 사람이라고요?

돌처럼, 오뚝이 인형처럼 굳세다고요?

넘어진 적이 없는 것 같다고요?

글쎄, 조금 생소한 말인데요.

아니에요. 많이 넘어졌어요.

깎이고 치이고 부딪힌 상처투성이 돌이에요.

그래서 그나마 오늘의 나예요.

우리에게 어떤 일이 닥쳐올 것임을 미리 안다면 얼마나 좋을까. 다음 날 마음이 아플 테니 오늘 미리 약을 발라놓고, 다음 주쯤 한 번 더 신호가 올 테니 준비하라는 말이라도 해주었으면 말이다. 하지만 그러면 또 미리미리 준비를 해두고 열심히 사는 사람에겐 조금 억울할 테고, 모두가 신호를 알려주기만을 기다릴 테니 노력이라는 것이 없어지겠지.

우리에게 찾아오는 모든 일은 항상 응급 신호처럼 갑작스럽다. 사랑도, 일도, 사람도, 아픔도, 기쁨도 모두. 좋은 일이 응급과 함께 온다면 이것은 행운이지만 그 외에 조금 아픈 것들이 응급과 함께 올 땐 그저 응급일 뿐이다. 그리고 응급조치 불은 감정 상태에 켜질 때도 있지만 몸에 켜질 때도 있다.

"갑자기 이렇게 될 줄은 몰랐지." 응급실 앞에서 만난 보호자가 말했다. 모든 것이 갑자기 일어났다고 했다. 누구나 그럴 것이다. 이런 위기가 언제 올지 모른 채 살아가는 것이 우리. 할 수 있는 것은 응급 상황이 왔을 때 상처를 받지 않도록 몸과 마음을 준비하는 일이다.

병원에 많은 환자들이 있지만 특히 응급실 풍경이 분주한 이유는 준비하지 않은 상황에 너무나 놀란 사람들이 마음을 진정시키지 못한 채 동분서주하기 때문일 것이다. 쓰러질지 몰랐던 사람이 갑자기 새벽에 응급차에 실려서 오면 그들을 맞는 의사, 간호사도 놀라고 보호자는 더 놀란다. 그리고 응급실 앞에 있는 사람들은 마음이 바쁘다. 두 손 모아 기도를 하며 아무 일이 없기를 바랄 뿐. 그동안 더 잘하지 못한, 더 섬세하지 못했던 삶을 반성하고 갑작스러운 상황을 만회하기 위해 끊임없이 기도를 한다. 기도 또한 그들에겐 응급이고, 왜 오늘 이

런 일이 일어났는지 생각하는 것 또한 모두 응급, 응급이다.

우리에겐 시시때때 많은 일이 찾아온다. 기쁜 일도 슬픈 일도 화나는 일도 당황스러운 일도 모두. 갑자기 찾아오는 일의 색깔에 따라 갑자기 와서 고마울 수도, 원망스러울 수도 있다. 하지만 모두 응급이라는 공통점으로 본다면 똑같은 것이다. 다만, 응급으로 왔을 때 조금 더 바쁘지 않기 위한 마음을 만들어놓는 것이 중요하다.

{응급실에서 만난 Her story}

"친구가 수술을 받고 있어요. 평소에 정말 건강했던 친구라서 수술을 받을 줄은 몰랐어요. 제가 할 수 있는 건 수술 결과가 좋기를 바라는 건데 많이 불안해요. 기도한 만큼 결과가 좋으면 정말 행복하겠지만 맘처럼 되는 건 아니잖아요. 부단히 노력해서 이룰 수 있다면 그러고 싶은데 그게 안 되니까 그냥 기다리는 겁니다. 노력하면 이루어지고 간절히 바라면 이루어지는 것들이 참 많죠. 하지만 응급실 앞에 있을 때마다 느껴요. 아무 생각 없이, 그저 기도하는 방법뿐이구나. 지금 내가 할 수 있는 다른 건 하나도 없어요. 확률이 몇 퍼센트인지도 모르는 상황에서 욕심쟁이처럼 100퍼센트 성공을 바랍니다. 응급실 앞에선 누구나 마음이 조급해지지만 결국 할 수 있는 일은 하나예요. 어쩜 아무것도 생각 말고 기도만 하는 것이 나을 수도 있겠죠?" **옥지연(28세, 유치원 교사)**

응급실은 말한다,

사랑도, 실패도, 성공도 예고를 하고 오진 않아요.
다만, 준비한다면 기쁨은 두 배로,
슬픔은 반이 되겠죠?

05 이벤트용품점

Place

웃음을 사고파는 곳

웃을 일이 많지 않아요, 그죠.
웃는 것이 건강에 좋다는데
이러다가 병 나겠어요.
어느 날은 웃는 게 힘들더라니까요.
웃는 법을 까먹을까 봐 겁이 났어요.
저기요,
웃음 하나만 주세요.

파티 물건을 구경하는데 옆에 있는 두 학생이 이런 대화를 나눴다. "빨간색 가발이랑 노란색 가발 중에 뭐가 더 웃겨?", "노란색을 보고 더 웃을 것 같은데?" 물건을 고르는 기준은 웃음이었다. 단순히 누군가를 위해 선물을 준비하는 것과는 달랐다.

인형 집에 들러 인형을 고를 땐 예쁜 얼굴을 한 인형, 혹은 예쁜 옷을 입은 인형을 고른다. 또 옷 파는 집에 들렀을 때도 색깔이 예쁘거나 받는 사람에게 잘 어울리는 스타일이 선물을 고르는 기준이 된다. 하지만 유독 이벤트용품점은 물건을 고르는 기준이 바로 '웃음', 그중에서도 '큰 웃음'을 줄 수 있는 물건이 승자가 되는 것이다. 웃긴 물건들만 있어서가 아니라 그곳엔 누군가에게 웃음을 주려는 사람들이 모이고 그들이 나누는 대화 속에도 항상 '웃음'이라는 단어가 들어가기 때문이다.

내가 지쳐 있던 날, 그는 날 위해 아주 큰 선물을 준비했다며 헐레벌떡 찾아왔다. 내가 좋아하는 머핀을 사 온 것도 아니고, 내가 좋아하는 음악 CD를 들고 온 것도 아니었다. 그가 준비해 온 것은 가장 재미있다고 소문이 난 이야기들이었다. 인터넷을 검색하고 주변 사람들에게 요즘 뜨는 이야기를 물어서 준비해 온 다섯 가지 이야기. 그것이 '큰' 선물인지 그땐 알지 못했다. 하지만 지금 생각해보면 난 다섯 가지 이야기로 잃었던 웃음을 되찾았고, 그래서 웃을 수 있는 근육이 마비되지 않았는지도 모르겠다. 소중한 사람에게 웃음을 준다는 것이 얼마나 멋진 일인지 그는 알고 있었구나. 참 미안하다. 난 웃기만 했지, 다섯 가지 이야기가 생각이 나질 않는다. 그 후로도 그는 내가 지칠 때면 재미있는 이야기, 농담, 코믹한 표정을 보여줬고 그것도 안 될 땐 재미있는 사진까지 보여주며 날 웃게 했다.

　이벤트용품점 앞에 걸린 재미난 가면을 보면 이젠 마음이 아리다. 그 재미가 단 한 사람을 위한 희생과 노력이라는 것을 알아서겠지. 그 가면이 나에게 말을 건다. "어서 웃음을 선물하세요"라고.

{ 이벤트용품점에서 만난 Her story }

"학과 홈커밍데이를 준비하고 있어요. 10년 선배님도 오시고 신입생들도 올 거예요. 과 선후배들이 모이는데 파티를 좀 재미있게 해보려고 준비 중이에요. 그런데 사야 할 것들은 안 사고 구경하느라 정신이 없네요. 신기한 가면도 많고 웃긴 안경도 많아요. 작년에도 홈커밍데이에 별무늬 안경들을 사서 후배들이 썼는데 반응이 되게 좋았거든요. 처음 보는 선배님들이라 어색했을 텐데 가면을 쓰니까 부끄러움이 사라졌나 봐요. 얼굴이 안 보이니까 다들 본성을 드러내고 즐기더라고요. 조용했던 후배가 가면 하나에 다른 사람이 되고, 무뚝뚝했던 선배님이 파리 안경에 웃으셨어요. 그게 이벤트인 것 같아요."
구민경(25세, 대학생)

{ 이벤트용품점에서 만난 His story }

"아이 생일이라 들렀어요. 네 살인데 몇 달 전에 아내 생일 때 아내랑 저랑 이상한 가발도 쓰고 엄청 큰 풍선도 방에 달아놨더니 한참을 웃더라고요. 원래 웃음이 많은 나이긴 하지만 아빠, 엄마가 자기를 위해 무언가 준비했다는 것을 알려주려고요. 이제 더 나이 들면 제가 가발을 쓰거나 이런 소품을 사러 올 수 있겠어요? 해줄 수 있을 때 많이 해주려고요. 아내랑 연애할 때 이런 이벤트를 해주고 싶었는데 남자라는 자존심 때문에 많이 못 했어요. 지금도 미안하더라고요. 그래서 아이에겐 많이 해주려고요. 여기 오면 그냥 웃음이 나잖아요. 저같이 유머 없는 사람도 가발을 쓰기만 하면 개그맨이 되고 엄청 큰 풍선을 사서 아이 방에 달면 또 다른 세상이 돼요." **김문명(33세, 회사원)**

이벤트용품점은 말한다,

잠시 나를 버리고 이벤트 같은 사람이 되어보라고.
보기만 해도 웃음이 나는 물건들 속에서 당신도
얼마든지 누군가에게 웃음이 될 수가 있어요.

06

Place

재활용센터

버릴 줄 아는 사람들이 가는 곳

왜 그렇게 많이 변했느냐고요?

얼굴이? 마음이? 생각이?

무엇이 변했다는 건지.

당신이 변한 건 아닌가요?

그것도 아니라면,

서로 다시 바라봐요.

그럼 답이 보일지도 몰라요.

'회자정리(會者定離)'라는 말을 들으면 괜히 마음 한구석이 시리다. 네 글자가 내 마음을 위로해주기도 하고 씁쓸한 기분을 주기도 한다. 만남이 있으면 헤어짐이 있다는 해석과 함께 그것은 인간의 힘으로는 어떻게 할 수 없는 것이란다. 이 말은 때론 헤어지는 순간에도 헤어짐을 납득하게 하는 말이라 위로가 되기도 한다. '그래, 누구나 만나면 헤어지는 거래. 당연한 것으로 받아들이자.' 헤어질 때가 됐는데도 헤어지지 않는 건, 아니 헤어지지 못하는 건 꽤 힘든 일이다. '헤어질 때가 됐어.' 이 말을 꺼내기가 왜 이렇게 힘든지.

무엇이든 때가 있다. 헤어져야 할 때, 끊어야 할 때, 분명한 이유가 없지만 그래야 할 때. 맺고 끊는다는 것이 사람과 사람 사이에만 있는 건 아니다. 오래된 버릇을 끊는 일, 오래된 집을 떠나 이사 가는 일, 그리고 봄과 이별하고 여름을 맞는 일까지. 또 있다. 오래된 물건과 이별하는 일. "버릴 때가 됐어." 내 방에 있는 물건들을 보며 나도 모르게 중얼거릴 때가 있다. 이유는 하나, 구입한 지 오래돼서다. 그냥, 왠지 이별을 해야 할 것 같은 느낌이 드는 것.

오래된 의자를 갖고 재활용센터로 갔다. 책상, 피아노, 전자레인지, 식탁 등 없는 것이 없었다. 큰 흠집도 없고 아주 '건강'한데 왜 모두 재활용센터에 와 있을까. "다 쓸 만한 것들이에요. 새거나 다름없는 것도 있죠. 버릴 때가 된 거지, 뭐." 재활용센터 사장님이 툭 말을 던지셨다. 큰 흠이 난 것도 아니고 지금도 여전히 제 역할을 톡톡히 해낼 수 있지만 새 주인을 만나러 이곳에 온다고 했다. 또 다른 사람을 만나 다른 모습으로 인연을 맺고 자신의 역할을 다 할 물건들이겠지.

모두 때가 되어 온 것들, 때가 되어 버려진 것들이 가득한 재활용센

터에서 맺고 끊는다는 것의 의미를 생각했다. 상대방이 납득할 만한 이유가 있다면 헤어짐의 이유가 더 분명하겠지만 그냥 '때가 됐어'라는 말이 더 분명한 이유가 될 때도 있다.

조금 더 멋진 사람이 되기 위해, 때가 되어 인연을 잠시 내려놓는다는 건 그리 슬픈 것만은 아닐지도 모르겠다.

{ 재활용센터에서 만난 Her story}

　"학원에 있는 책상들을 버리려고 왔어요. 아이들 손때가 묻은 거라 아쉽긴 하지만 더 이상 놔두면 복잡해서요. 4년 정도 쓴 책상인데 낙서가 왜 이리 많은지. 아이들이 낙서할 때마다 혼냈는데 이렇게 가져와 보니까 낙서들이 다 추억 같아요. 재활용센터에 맡기려고 하니까 시간을 버리는 느낌도 들고 기분이 묘해요. 얼른 처리해야 속이 시원할 것 같았는데 막상 손때들이 다 소중해지네요. 사람들이 물건을 잘 못 버리는 이유가 그래서인가 봐요. 오래된 물건을 버리면 그 물건을 썼던 시간도 다 버리는 느낌이랄까? 어쨌든 이 책상은 다른 사람 손에 가게 되겠죠? 좀 더러워서 가져갈지 모르겠지만 그래도 모양이 아기자기해서 좋은 데 쓰였으면 좋겠네요. 이걸 쓰게 될 사람이 낙서들을 보며 웃었으면 해요. 말썽쟁이 아이가 그린 선생님 얼굴도 있네요. 저는 아니랍니다. 하하." **김진주**(31세, 피아노 학원 교사)

{ 재활용센터에서 만난 His story}

　"하루에도 백 개가 넘는 물건들이 여기 와요. 별의별 물건들을 다 가져오죠. 쓸 만한 것도 있지만 가끔은 정말 못 쓸 것들도 있어요. 그런데도 가져오는 사람들은 버리기 아까워하더라고요. 내가 보기엔 버려도 되는데 몇 번이나 고민하고 고민해요. 지난번에는 어떤 아주머니가 장식장을 들고 왔어요. 장식장 문에 테이프를 붙여서 오래 썼더라고요. 더 썼다가는 망가질 것 같은데 버리기가 그렇게 아깝대요. 얼마나 오래 썼는지 누가 선물해줬는지도 모르겠다고 하고. 여기 있으면 짠돌이들을 많이 만나요. 버리기 아까워하고 고민하다 또 가져가고. 근데 다시 가져간 사람들은 며칠 있다 꼭 다시 가져와요. 가지고 있어봤자 짐이 된다고. 버릴 건 속 시원하게 버리는 게 나아요. 그래야 또 좋은 물건 쓰면서 재미있는 일들이 생기지." **김학기**(51세, 물류업)

재활용센터는 말한다,

낡고 허름한 물건이 더 가치 있는 이유는 그것이 낡고
허름해질 때까지 함께한 시간 때문이겠죠. 하지만
때론 과감히 버리는 것도 필요해요. 그래야 지나간
시간을 잊고 새로운 시간들을 쌓아가니까.

07 막차

Place

오늘과 내일 사이의 이야기가 있는 곳

생일을 축하해주고 싶었어요.
밤 11시 58분까지 졸린 눈을 비비다
정신을 차리니 아침 7시가 되었어요.
하루 종일 속상했어요.
생일이 오기를 기다리는,
그 순간을 함께하고 싶었는데.
생일에 뭐 할지 상상하는 전날 밤이 짜릿한데.

"내일 뭐 하니?" 내가 지인들에게 자주 묻는 말이다. 내일 만나고 싶어서라기보다 그냥 다들 내일은 어떻게 보낼지 궁금해서다. 내일 공연을 본다는 친구 말을 들으면 '공연 어땠는지 물어봐야지', 또 방에서 하루 종일 영화를 볼 거라는 친구 말을 들으면 '영화 추천받아야지' 혼자 되뇌며 또 바빠진다. 하지만 내 상황을 떠올릴 땐 가끔 내일이 오는 것이 두려울 때도 있다. 내일 중요한 회의가 있거나 날씨가 무지 춥다고 할 때 등등. 내가 친구들에게 내일에 관한 질문을 할 때는 주로 퇴근길이다. 퇴근하고 밥을 먹거나 공연을 본 후 집으로 가면서 다음 날 할 일을 떠올릴 때. 퇴근 후 약간 과하게 즐겨 막차를 타게 됐을 땐 마음이 바빠지기도 한다. 이미 자정이 넘어 '내일'이 '오늘'이 되었기 때문. 내일 계획을 묻기엔 살짝 늦고 그렇다고 오늘 계획이라고 하기엔 살짝 이른 시간이다. 그래서 그날은 그냥 묻지 않게 된다.

그날도 친구들의 계획을 묻지 못해 마음이 허전한 상태로 막차에 올랐다. "내일 시험인데 떨려요", "내일 친구 생일이라 깜짝 선물을 준비 중입니다", "내일 어머니 수술 날이에요" 등 라디오에서 내일을 상상하는 사람들의 사연이 흘러나왔다. 자정이 지나도 그들은 내일이라는 단어를 쓰고 있었다. 사실 나는 그날 내일이 3일 후쯤 왔으면 좋겠다고 빌었다. 정확히 기억은 나지 않지만 아마 아주 떨리는 일이 있었던 것 같다. 그렇게 빌며 라디오 사연을 한참 듣고 있는데 참 많은 사람들이 다음 날을 기다린다는 것을 느꼈다. 기대하고 걱정하고 두려워하고…… 그러면서도 또 기다리고. 기다린다기보다는 어차피 오는 거라면 그냥 '맞이하는 것'을 택했을지도.

내일을 두려워하지 않기로 했다. 내일이 3일 후에 오길 바라는 마음을 싹둑 자르고 받아들이기로 했다. 하긴, 친구들에게 내일 뭐 하느냐는 질문을 했을 때, 병원에 들른다는 친구도 있었고 시험 합격 결과를 하루 종일 기다릴 거라는 친구도 있었다. 그들도 썩 반갑지 않은 일들이지만 당당히 그냥 '내일 할 일'이라는 생각을 했겠지. '내일'이 '내 일'이 되었다. 남이 아닌 나의 것이라 반갑게 기다려야 하는.

{ 막차에서 만난 Her story }

"친구들이랑 오랜만에 놀다가 이 시간이 됐네요. 막차 놓쳤으면 큰일 날 뻔했어요. 휴…… 다행이다. 막차를 가끔 타는데 그때마다 엄마에게서 문자 메시지가 와요. 10분 있으면 외박한 거라고. 11시 50분쯤이 막차 시간이라는 것을 아시거든요. 막차를 허겁지겁 타면 라디오에서 곧 자정을 알려요. 그럼 이미 달력이 한 장 넘어간 거라 '아, 하루가 가네' 하고 느끼죠. 내일은 막차 타지 말고 일찍 귀가해야겠어요." **김지민**(22세, 학생)

{ 막차에서 만난 His story }

"오늘도 야근하다 막차 탔어요. 출퇴근이 일정하지 않은 직업이라 막차를 자주 타요. 오늘도 눈이 반쯤 감긴 채로 버스에 올랐지만 그래도 일이 끝나서 개운해요. 일을 하고 있을 땐 시간 가는 줄 모르다가 막차 시간 탈 알람이 울리면 그제서야 밤이 됐구나 느끼죠. 막차에는 피곤해하는 사람들이 참 많아요. 시끌벅적하게 떠드는 친구들도 있지만 어르신들은 꾸벅꾸벅 졸음과 싸우시기도 하고 연신 하품을 해대시죠. 막차…… 왠지 단어만 들어도 하루가 끝나는 느낌이잖아요. 다들 피곤한데 어떤 사람은 가끔 아주 씩씩하게 운전기사 분께 인사를 하기도 해요." **방혁진**(30세, 광고업)

막차는 말한다,

오늘 당신의 하루는 어땠나요? 친구들과 수다를 떨며
웃다가, 혹은 밀린 일에 야근을 하다가 허겁지겁
막차에 올랐나요? 어쨌든 하루는 끝나갑니다.
새로운 하루가 시작되면 또 파이팅하자고요.

08
Place

골동품 가게
묵은 때가 더 사랑받는 곳

둘 다 과묵한 편이죠.

둘 다 자주 만나지도 못했죠.

둘 다 눈빛을 자주 마주치지도 않았어요.

그런데,

신기하게 우린 서로를 잘 알아요.

둘 다 서로를 안 지 오래됐으니까요.

무지 낡은 컵을 쓰고 있는 친구에게 새 컵을 선물했다. 누가 봐도 참 예쁜 컵인데 친구는 그래도 낡은 컵이 더 좋단다. 그래서 새 컵도 쓰고 낡은 컵도 계속 쓸 거라고 했다. 친구에게 컵은 단순히 물을 담고 커피를 담는 것이 아니었다. 그 컵이 뭐 그렇게 좋아서 못 버리는지 묻자 "6년 된 컵이야"라며 한 문장으로 답했다. 왠지 어떤 의미인지 알 것 같았다.

6년 동안 동고동락하며 컵과 함께 살아왔다고 했다. 시험 준비를 할 때엔 졸음을 없애려 하루에도 몇 잔씩 커피를 담아 마셨고 그 덕에 꿈을 이뤘다고 했다. 그 뒤엔 직장을 다니며 아침마다 컵에 재스민 차를 담았단다. 재스민 차를 마시며 매일 회의를 하고 그때 탄생한 아이디어들이 지금 자신을 바꿨다고 했다. 재스민 차와 커피…… 어쩜 컵이 당연히 해야 할 일을 한 것뿐인데 그녀에겐 그것이 모두 자신의 이야기라며, 그 컵을 보면 지난날이 파노라마처럼 스쳐 지나간다며 미소를 지었다. 그녀가 컵을 사랑하는 이유는 컵이 예뻐서라기보다 그 이야기들이 '잊히는 것'이 두렵기 때문 아니었을까. 이야기를 잊지 않는다는 건 나를 잊지 않는 것, 지나온 시간을 잊지 않는다는 것. 오래된 물건을 골동품이라고 한다면 그녀의 컵도 골동품이 될 수 있다.

"20년이 넘었을 거예요. 오래될수록 비싸요." 골동품 가게에 들렀을 때 들었던 첫마디다. 손님에게 오래된 책상을 설명하던 주인 아주머니는 수건으로 골동품을 정성스럽게 닦으며 말했다. 하루에도 새로운 물건이 수없이 쏟아지고 유행이 끊임없이 변해가는 요즘, 조금 더 우직한 물건이 필요하지 않을까 생각한다. 꽤 오랫동안 사랑받을 수 있는 그런 물건. 그렇지만 그렇게 오래 사랑을 줄, 우직한 소비자들이 몇 명이나 될지는 알 수 없다. 우리는 이미 시시각각 변하는 유행에 익숙해져 있으니 말이다.

20년이라는 시간을 담은 그 물건은 얼마나 많은 이야기를 가지고 있을까. 20년 동안 만났던 사람은 몇 명일까. 책상에서 쓴 이야기들과 읽었던 책들은 또 얼마나 많을지. 오래된 이야기들을 낡은 것처럼 대하고 현재의 나를 투정하는 우리들에게 골동품이 말해주고 있었다. 지금의 내가 발전하지 않는다며 투정했던 내게 골동품 가게는 나의 20년을 돌아보게 했다. 내가 어떤 시련들을 겪었고, 누구를 만나 인연을 맺었으며, 지금의 내가 있기까지 어떤 웃음과 눈물이 있었는지 말이다. 오늘을 지내며 어제를 잊고, 또 내일을 지내며 오늘을 잊을 나에게 골동품은 다시 내 오래된 일기를 읽게 만들었다. 유행에도 뒤처지고 낡아 빛이 나진 않지만 그 안에 숨은 이야기가 가득하기에 그 어떤 물건보다 세련된 것이다. 나도, 우리도 오래된 이야기들을 잊지 않는다면 오랜 시간 마음이 '그득그득'할 것이다.

{ 골동품 가게에서 만난 Her story }

"골동품 가게를 운영한 지 3년쯤 됐어요. 아는 언니가 이어서 해볼 생각이 없느냐고 해서 받았죠. 처음엔 별 생각 없이 시작했는데 이젠 제가 골동품 마니아가 됐어요. 여기엔 깨끗하고 세련된 물건들은 없어요. 낡고 상처가 많은 물건들이 대부분이죠. 그런데 노인분들도 멋지게 늙으신 분들 있잖아요. 그것처럼 물건들도 아주 멋지게 늙은 것들이 있어요. 그게 골동품 같아요. 골동품들 볼 때마다 나도 저렇게 품위 있게 늙고 싶다 이런 생각을 하죠. 늙어도 사람들이 찾아주는 사람, 늙어도 분위기 있는 사람……." **김형지**(39세, 가게 운영)

{ 골동품 가게에서 만난 His story }

"골동품을 보고 있으면 할머니, 할아버지를 보는 느낌이에요. 가끔 새 가구를 사려다가도 골동품 가게에 와서 낡은 것들을 사요. 친구들이 제 방에 와서 골동품 가구들을 보더니 할아버지가 물려주신 건지 묻더라고요. 그건 아니지만 그래도 기분이 썩 괜찮았어요. 뭔가 오래된 것을 가지고 있는 느낌? 골동품에 관심이 많아지면서 알아보니까 상처가 많을수록 더 높은 값을 받는 것들이 있대요. 막무가내로 상처가 나면 안 되고 상처도 좀 멋스럽게 나야겠지만. 그 말을 들으면서 골동품도 사람 같다고 생각했어요. 저는 상처가 너무 없는 사람도 재미가 없더라고요." **김규만**(32세, 대학원생)

골동품 가게는 말한다,

깨끗하고 맑은 사람이 되기만을 꿈꾸지 마세요.
때론 다치고 상처투성이에 눈물이 있는,
당신의 그 속내가 진국일지도 모릅니다.

09
Place

첫 버스
버스에 오르는 사람 수만큼, 그만큼의 시계가 있는 곳

내가 누군가를 찾으면
항상 바로 달려와줄 거라 믿었어요.
욕심이었는지 모르지만 믿고 싶었죠.
그런데 다들 달려올 수가 없었어요.
내가 지쳐 있는 그 시간에
그대1은 바빴고, 그대2는 슬펐고, 그대3은 기뻤으니까요.
모두가 같은 순간은 아닌가 봐요.

우리가 흔히 생각하는 '아침', 날이 밝고 오늘의 뉴스들이 들리는 시간이 아침 맞을까? 하루를 마감해야 할 것 같은 '밤', 어둑어둑해지고 괜스레 마음이 외로워지고 일주일을 기다린 드라마들이 하는 시간이 밤일까? 어쩜 아닐지도 모르겠다.

첫 버스를 처음 탔던 날, 창문에 머리를 기대고 앉았다. 버스 창문으로 우유를 배달하는 기사의 모습이 보였다. 새벽 4시가 조금 넘은 시간, 오늘도 아파트 집집으로 배달할 싱싱한 우유들을 차에 싣고 있었다. 아침 7시, 집 앞에 놓인 우유를 마시는 나에겐 7시가 하루의 시작인데 우유 배달 아저씨의 하루는 이미 4시 전에 시작이었다. 누구나 자신에게 적용된 패턴, 그 시계로 지내기에 다른 사람의 하루가 시작되거나 마감되는 시간에는 익숙하지 않다. 어쩜 '첫 버스'의 '첫'이라는 글자는 나만의 생각일지도 모른다. 그냥 하루에 오고 가는 수많은 버스 중 출발 시간이 가장 이른 버스로 생각해야 할 것 같다. 하루가 시작되는 시간이라거나 아침이 오기 전 '첫' 버스도 아닌 것이다.

피곤하게 오른 첫 버스에서 난 수많은 시계를 보았다. 새벽에 퇴근을 하며 아빠의 아침을 기다리는 딸아이와 통화하는 아빠의 시계, 잠이 덜 깬 아이와 첫 버스에 같이 올라 어딘가를 가는 젊은 새댁의 시계, 새벽 3시가 모닝콜 시간이었던 아주머니의 시계까지. 어쩜 같은 시간에 저렇게 다른 삶을 사는지 신기했다. 새벽, 아침, 저녁…… 이렇게 굳이 시간을 나눌 필요가 있을까 하는 생각이 들 정도로.

낮잠을 자면서 휴대전화에 알람을 맞출 때 '모닝콜'이라는 알람 이름에 오후 4시를 설정하려면 뭔가 어색하곤 했다. 그런데 이젠 오후 4시가 모닝콜일 수도 있겠다는 생각을 한다. 하루를 시작하고 마감하는 시간이 저마다 다르기에 우리의 모닝콜 시계는 모두 다를 수 있다.
첫 버스를 타면서 알게 된 많은 시계들의 이야기…… 우유 배달 기사
의 시계, 딸아이의 시계, 그리고 나의 시계.

{ 첫 버스에서 만난 Her story }

"첫 버스를 타는 건 처음인 것 같아요. 오늘 멀리서 친정 엄마가 오신다고 해서 오후 일을 이른 아침 타임으로 바꿨거든요. 원래는 한창 잘 시간인데 일어나 있으니까 적응이 안 돼요. 눈도 피곤하고. 이 시간에 사람이 원래 이렇게 많아요? 놀랍네요. 첫차라 몇 명 없을 줄 알았는데 부지런한 사람이 이렇게나 많네요. 매일 제가 일어나는 시간이 아침이라고 생각했는데 오늘 나와 보니까 새벽이 아침인 사람들이 많아요. 종종 게을러질 때마다 첫차를 타야겠어요. 게으른 걸 반성할 수 있을 것 같아요." **김향기**(31세, 주부)

{ 첫 버스에서 만난 His story }

"이른 시간인데 하나도 안 피곤해요. 매일 아침 4시에 일어나서 버스를 타고 일하러 가니까. 다들 잘 시간이라서 그런지 동네가 조용해요. 이렇게 일찍 일을 시작하는 직업은 몇 개 없어요. 아침 8시쯤이 되면 거리에 사람이 많아지는데 그럼 이제 아침인가 생각하지요. 20년을 이 시간에 일어나 하루를 시작하다 보니 내 또래 친구들과의 하루 일과가 좀 달라요. 저는 이른 오후에 퇴근을 하고 이 버스를 타요. 그 시간이 퇴근 시간이니까요. 사람들은 그때 한창 바쁠 때예요. 지난번엔 친구들이 동창회를 한다고 연락이 왔는데 퇴근 시간 때쯤 오라고 하더라고요. 몇 시에 가야 하나 잠깐 고민했어요."
박학문(53세, 서비스업)

첫 버스는 말한다,

모두의 시간이 똑같지는 않아요. 나의 아침이
누군가에겐 오후가 되고, 나의 밤이 또 누군가에겐
아침이 될 수도 있습니다.

10 벽화 거리

Place

적절한 때와 장소를 찾으면 늦어버리는 곳

"잘 지내?"
꽤 자주 생각나는 문장이지만
세련되지도 않고 특별하지도 않아서
자꾸 뒤로 미뤄왔어요.
그런데, 진작 물어볼 걸 그랬어요.
더 멋진 말, 더 화려한 말을 찾는 사이에
잘 지내지 못하는 이들이 꽤 있었어요.

'표현'이라는 단어를 좋아한다. 그리고 '즉흥적'이라는 단어도 좋아한다. 내가 좋아하는 이 두 단어를 합치면 '즉흥적인 표현'이다. 즉흥적이라는 단어의 사전적 의미는 '그 자리에서 일어나는 감흥이나 기분에 따라 하는'이다. 사실 일상생활에서 즉흥적인 것이 받아들여질 때가 그리 많지 않다. 즉흥적으로 사람을 대했다간 상대방이 상처 받을지도 몰라 머리로 끊임없이 상대방의 기분을 생각하며 정리한 후 말해야 하고, 나는 기본적으로 '자유'라는 단어를 사랑하기 때문에 '즉흥적'이라는 단어를 자신에게 허락했다간 통제 불능 하루가 될 수도 있다. 그래서 불쑥 하고 싶은 말이 있어도, 훌쩍 돌발 행동을 하고 싶어도 머리로 한 번 더 생각하고 가슴을 진정시키다 보니 거르고 거르게 되고 꾸밈없는 솔직함은 사라지게 된다.

우연히 벽화 거리를 지나가던 날, 저 멀리 어떤 남자가 걸음을 멈추더니 갑자기 짐을 내려놓고 벽에 그림을 그리기 시작했다. 다른 그림이 있는 곳도 아니었고 지나는 사람들도 없었다. 문득 무언가가 생각이 난 것 같은 모습으로 급하게 물감을 꺼내 그림을 그리더니 30여 분쯤 지나서는 다시 자리를 떴다. 그 남자는 즉흥적으로 자신이 하고 싶은 말을 했고, 주변에 누가 있는지 생각하지 않았다. 정리되지 않은 언어로, 꾸미지 않은 행동으로 말했다.

하지만 그 남자는 혼자 대화한 것이 아니었다. 그가 떠난 뒤 사람들이 찾아와 그의 그림에 말을 걸었고 대화가 시작됐으니까. 나는 나의 말을 누군가가 내 앞에서 들어줘야 한다는 믿음이 있었기에 즉흥적이지 못했다. 이야기를 다듬느라 즉흥적이지 못했고, 내 즉흥적인 마음이 혹시 타인에게 피해가 될까 봐 하고 싶은 말을 고치고 또 고치

며 진심이 줄어들었는지도 모르겠다. 그가 타인을 의식했다면, 자신의 내면이 하고 싶은 말을 무시했더라면 그림을 그릴 만한 자릴 찾았을 테고, 수많은 제약이 그를 막았을 것이다.

　말을 하다 툭 내뱉고선 "아니야"라고 하는 데 익숙해져 있는 우리. 툭 내뱉었을 때 나오는 말이 진심일 수도 있다.

{ 벽화 거리에서 만난 Her story }

"학원 가는 길에 매일 벽화 거리를 지나치거든요. 오늘도 평소처럼 지나가는 길이었어요. 벽화 거리를 지날 때마다 그림을 그리고 있는 화가들을 자주 봐요. 오고 싶을 때 와서 그림을 그리고 또 그렇게 사라지더라고요. 정말 자유로워 보여요. 그냥 표현하고 싶을 때 하나 봐요. 좋아하는 남자 친구가 있는데 1년째 고백을 못 하고 있어요. 대학교 때 만나 친구로 지내고 있는데 고백할 때를 놓치고 나니까 다른 사람을 만나더라고요. 아직 짝사랑 중인데……. 시간은 저를 기다려주지 않더라고요." **김여진**(29세, 학생)

{ 벽화 거리에서 만난 His story }

"마음이 맞는 친구들끼리 만나 자주 그림을 그리는 장소는 있지만 딱히 정해둔 곳은 없어요. 오늘도 그냥 지나가다가 여기 그리면 좋겠다고 생각해서 보고 있는 중이에요. 스케치북 대신 벽에 그림을 그리니까 공간이 넓어서 좋기도 하지만 지나가는 사람들이 보고 공감해주니까 더 좋아요. 사람들이 지나가면서 보다가 씩 웃기도 하고 가만히 서서 자기들끼리 이야기도 나누잖아요. 그게 좋아요." **김세명**(가명, 25세, 그래피티 작가)

벽화 거리는 말한다.

하고 싶은 말이 있을 때, 마음을 전하고 싶을 때
너무 고민하지 마세요. 때와 장소를 고민하는 사이
솔직함이 사라질 수도 있어요.

11
Place

길

1분, 1초…… 단 한순간도 정지해 있지 않은 곳

어제는 우리가 함께였지만
오늘은 나, 너 둘이 되었어요.
어제는 비가 보슬보슬 내렸는데
오늘은 꽤 장대 같은 비가 쏟아지네요.
주인공들은 그대로인데
꽤 자주 모습들이 변해요.
받아들일 수밖에 없는 것들.

어제는 분명 평범한 길이었는데 오늘은 활기찬 길처럼 느껴질 때가 있다. 나무, 벤치, 바닥, 어느 것 하나 변한 게 없는데 그 길을 지나는 사람이 달라서이기도 하고 길을 지나는 내 기분이 달라서이기도 하다. 또 날씨에 따라, 내가 그 길을 걸어 만날 사람에 따라 달라지기도 한다.

'같은' 길을 걸으며 전혀 '다른' 길을 걸은 적이 있다. 친구가 외국으로 떠나기 전날 나와 시간을 보내겠다며 찾아왔다. 찾아온 친구와 파티를 한 후 버스 정류장까지 배웅을 했다. 배웅을 하는 길, 그 길은 매일 아침저녁으로 걷는 길이라 특별하지도 않고 특별할 이유도 없었다. 배웅을 하러 가는 그 길에서 친구는 외국에 가서 만나게 될 그 나라 사람들을 기대하며 건강하게 잘 지내고 올 거라고 했다. 마침 날씨도 따뜻해서 배웅 길이 산책 길 같았다. 따뜻한 밤에 사랑하는 사람과 그 길을 걷는 것은 꽤 운치 있었다.

그렇게 친구를 버스에 태워 보내고 돌아오는 길, 운치보다 쓸쓸함이 밀려왔다. 단 몇 분 사이 전혀 다른 길이었다. 내 옆에서 조잘대던 친구는 없었고, 따뜻하게 느껴졌던 날씨는 그저 재미없는, 싱거운 날씨 같았다. 변한 건 내 마음뿐만이 아니었다. 조금 전 친구를 배웅해주던 길에 보았던 아주머니는 이미 사라지고 그 자리엔 꼬마가 엄마와 함께 서 있었다. 사람들이 끊임없이 지나가는 곳이 길이기에, 다른 공간에 비해 목적이 있는 공간이 아닌 그저 지나가는 공간이기에 시도 때도 없이 길은 변한다.

내가 좋아하는 한 사진 작가가 특별한 프로젝트를 했던 적이 있었다. 같은 지점에 카메라를 며칠 동안 세워둔 뒤 일정 시간마다 셔터를 설정하여 그 사진들을 기록으로 남기는 것이었다. 예를 들면 화요일 2시, 3시 50분, 6시…… 수요일도 시간이 동일하게 말이다. 공간은 단 1센티미터도 이동하지 않았지만 매 순간 그 길을 지나는 사람, 바람에 날리는 낙엽, 도로를 달리는 자동차가 모두 변했기에 똑같은 사진은 한 장도 없었다.

변하지 않는 순간을 정지해두는 것이 사진이라면, 길은 사진과 가장 반대된 단어가 아닐까 싶다. 단 한순간도 정지해 있지 않은 곳, 셔터를 누르기만 하면 다른 그림이 펼쳐지는 곳이 바로 길이다. 내가 길을 좋아하는 이유는 지루하지 않아서다. 아침, 저녁 매일 지나는 길이지만 내가 지루하지 않은 이유는 그 길에 매번 다른 사람이 다른 옷을 입고 서 있기 때문이다. 바람, 공기, 사람들이 또 다른 길을 만들어주기 때문이다.

단 한순간도 정지해 있지 않은 삶이란 어떤 것일까.

{ 길에서 만난 Her story }

"학원에 가려고 버스를 기다려요. 매일 이곳에서 버스를 타서인지 눈을 감고도 찾아올 수 있을 것 같아요. 정류장 옆에 있는 분식점에서 자주 간식을 사 먹는데 이젠 다른 분식점도 가보려고요. 메뉴가 조금 질리더라고요. 여기 분식점에서 몇 번 마주친 사람이 있는데 그 사람도 질리지 않았을까요? 그분도 이쪽에서 항상 버스를 타서 괜히 아는 사이 같아요." **한소진**(18세, 학생)

{ 길에서 만난 His story }

"가을 되면 이 덕수궁 거리가 참 예쁘잖아요. 그런데 겨울엔 휑하네요. 겨울 운치도 나름 있어서 자주 들르긴 하는데 그래도 가을 덕수궁 거리가 제일 좋은 것 같아요. 자주 보는 덕수궁 길인데도 계절마다 다르니까 마치 다른 길 같아요. 봄이 되면 어떤 모습일지 또 궁금한데요? 봄에는 안 와봤거든요."
박규진(32세, 영업직)

길은 말한다,

정지하는 순간은 없어요. 전혀 변하지 않는
당신이라며 탓하지 마세요. 우린 어제와 오늘,
한 시간 전과 지금이 다르니까요.

12
Place

뷔페
접시 하나에 내 이야기를 담는 곳

당신과 나의 마음이 어울릴까요?

둘 다 특별하진 않은데.

언제, 어떻게 마음을 놓느냐에 따라

우리도 다른 인연이 되겠죠?

"그건 어느 쪽에 있어?" 뷔페에서 접시에 이것저것 음식을 담아 온 친구에게 한 번쯤은 묻게 되는 말이다. 뷔페를 한 바퀴 다 돌았다고 생각했는데 왜 내 눈에는 그 음식이 보이지 않았는지. 먹고 싶은 건 다 먹을 수 있는 곳이 뷔페라지만, 그래도 혹시 빠뜨릴까 봐 얼른 친구 접시에 든 음식을 담아 왔다. 음식이 담긴 나와 친구의 접시를 테이블에 나란히 뒀다. 분명히 똑같은 쿠키, 빵인데 왜 친구 것과는 달라 보였을까. 한참을 살폈다. 정답은 초록색과 주황색의 차이였다. 빵 옆에 초록색 파프리카를 둔 친구의 접시는 '상큼한 외국 식단'이었고, 빵 옆에 웬 연어를 놔둔 내 접시는 '그냥 무엇이든 담는 뷔페 접시'였던 거다. 빵을 얹기 전까지는 나도 나름 '싱싱한 해산물 식단'이었는데 친구 따라 집어 온 빵이 실수였다.

수많은 음식이 있는 뷔페에서, 먹고 싶은 건 무엇이든 담을 수 있는 뷔페에서 같은 접시는 단 하나도 없다. 재료가 똑같아도 무엇을 담는지, 어떻게 배치하는지에 따라 전혀 다른 접시가 되니까. "내가 육류 담당할 테니까 너는 후식 담당!" 외치며 당당하게 그녀가 출발했다. 그러더니 또 스테이크 레스토랑 부럽지 않은 접시를 하나 만들어 왔다. 스테이크가 담긴 접시는 흔히 보지만 뷔페가 특별한 이유는 내 손으로 담고 싶은 것을 담기 때문이다.

생각해보면 인생도 그렇다. 우리 중에 남들이 가지지 않은 것을 자기 혼자 가진 사람이 몇이나 될까. 모두 같은 자연을 보고, 책을 읽고, 노래를 듣는다. 아니, 모두 누릴 기회가 있다. 천재 음악가도, 오천만 독자를 흔드는 작가도 모두 우리랑 같은 세상을 살아간다. 그렇지만 어떤 것을 잘 버무려 읽고 듣고 보느냐에 따라 그만의 후속작이 탄생

하는 것이다. '어떤 메뉴든 담아 가세요!'라 외치는 세상 속에서 날마다 자신의 접시를 들고 있는 우리. 어떤 이는 비 오는 날 접시에 음악을 담아 운치 있는 날을 만들고, 또 다른 이는 사람을 담아 멋진 추억을 만든다. 내 접시에 담긴 그림에 어울리는 음악을 하나 얹으면 내 접시가 더 아름다워지는 것이고 생뚱맞게 다른 것을 얹으면 어색해진다. 내 접시에 있던 빵처럼.

우리는 많이 읽고 듣고 볼 수 있다. 이 모든 것들이 동등하게 우리 앞에 있고 접시에 무엇을 담는지는 우리 권리다. 인생도 뷔페다.

{ 뷔페에서 만난 His story }

"가끔 주말에 가족과 뷔페에 와요. 부인은 채식을 주로 하고 저는 육식을 즐기거든요. 그리고 어린 딸, 아들은 디저트 종류를 좋아하고요. 그래서 뭐 먹을까 고민하지 않아도 모든 음식이 다 있는 뷔페가 편해요. 부인은 주로 채식 코너에서 음식을 가져오고, 아이들은 디저트 쪽에만 가 있고…… 가만히 보면 저희뿐만 아니라 다른 손님들도 자신이 좋아하는 곳에 주로 있잖아요. 취향이 보이기도 하고, 또 접시에 예쁘게 담는 사람들을 보면 성격도 알 수 있을 것 같아요. 일반 식당처럼 접시에 음식이 담겨 나오는 게 아니라서인지 재밌는 곳이에요. 직접 먹고 싶은 것을 담으면서 내가 이런 것을 좋아하는구나 본능적으로 느끼죠." **조훈식**(37세, 마케터)

뷔페는 말한다,

우리 인생에도 매일 접시가 하나씩 주어집니다. 자주 듣는 노래만 접시에 담나요? 그렇다면 오늘은 새로운 노래를 한번 담아보세요. 또 다른 이야기가 들릴 거예요.

입학식장

13
Place

두렵다가, 설레다가, 콩닥거리는 곳

당신의 맘이 크다는 건 처음부터 알았어요.

근데 내가 처음이라 방법을 몰랐어요.

그래도 설레었는데.

"처음엔 어색하고 두려웠죠." 그가 이런 말을 했다. 명색이 그림 작가인데, 그림 그리는 일을 왜 두려워했는지 그 당시에는 그에 대해 잘 몰랐던지라 이해하지 못했다. 그러다가 우연히 발로 그림을 그리는 그의 모습을 보게 되었다. 한참을 멍하니 바라봤다. 만약 그가 노래를 잘 불렀다면 나는 그저 '감동' 정도였을 것이다. 그렇지만 그가 '그림'을 그렸기에 나는 '전율'을 느꼈다. 외형적인 모습이 '그림'과는 어울리지 않는, 아니 내가 가진 고정관념이 그를 그림과 연관시키지 못했던 것이다.

도전하는 사람은 모두 아름답지만, 도전하는 분야가 불가능하다고 생각됐을 때엔 아름다움이 경이로움이 된다. 발로 그림을 그리는 그처럼. 내가 유독 이런 사람을 찾아다니는 이유는 내가 '도전'을 좋아하기 때문이다. 거창한 분야에 도전을 하는 것이 아니라 처음 새로운 길을 걸어보는 순간, 낯선 곳에서 새로운 사람을 만나는 순간 이 모든 것이 내겐 도전이다. 어쩌면 도전보다 '낯섦'이라는 단어를 좋아하는지도.

그가 그림을 시작하게 된 이유가 뭘까 나 혼자 상상했다. 일단 그에게도 시작이 있었을 것이다. 얼마나 낯설었을까, 손이 아닌 발에 연필을 갖다 댔던 첫날이. 괜히 혼자 눈시울이 붉어지고 가슴이 먹먹해졌다. 얼마나 두려웠을까, 얼마나 설레었을까, 그리고 지금은 얼마나 콩닥거릴까.

"너무 낯설더라. 근데 기대돼." 요리를 배우고 싶다는 친구가 입학식에서 내게 한 말이다. 그녀의 짧은 한 문장에서 나는 두 개의 감정을 봤다. '낯설다'는 단어를 쓸 때의 두려운 표정과 '기대돼'라는 말을 할

때의 설레는 표정. 두려움과 설렘이 어떻게 한꺼번에 올 수 있을까? 무언가를 시작하는 곳은 참 신기하다. 서로 인사를 하며 오리엔테이션을 하는 그곳 사람들에 모두 그랬다. "저도 처음이에요.", "하나도 몰라서 걱정이에요." 이런 말이 오가지만 얼굴만은 환하고 기대감이 가득하다. 시작하는 사람들에겐 공통점이 있다. 한 번도 해보지 않은 것에 뛰어든다는 것, 그래서 두렵고 설렌다는 것.

{ 입학식장에서 만난 His story}

"퇴근하고 남는 시간이 아까워서 와인 스쿨에 등록했어요. 와인을 마시는 건 좋아하는데 배우려고 하니 처음에는 걱정되더라고요. 늦은 건 아닌지, 더 초라해지는 건 아닌지 말이죠. 그런데 하나씩 알아가는 것이 재밌어요. 이 나이에도 배울 수 있구나 생각이 드니까 인생이 재밌어지더라고요. 새로운 것에 도전하는 것이 좋은 이유는 한 가지 같아요. 잊었던 감정을 찾는 기분이랄까? 나이가 들수록, 아니 자기 분야가 생길수록 새 분야에 도전하지 않게 되잖아요. 한동안 새로운 것을 받아들이는 기쁨을 잊었는데 오랜만에 느끼게 되니 기뻐요." **한성호**(32세, IT업계)

입학식장은 말한다,

새로운 것에 도전하는 느낌을 잊진 않았나요?
학교를 졸업하고, 자신의 직장이 생기면서 점점
새로운 것이 사치처럼 느껴지진 않나요?
그 감정을 깨우세요.

14
Place

새벽 시장
짧은 시간 몰입하는 아름다움이 있는 곳

우리에게도 열렬했던 때가 있었죠.

끝나지 않길 바라던, 뜨거웠던.

그런데 열렬함도 한때였어요.

모든 장소에는 '때'가 있다. 내 기분에 따라 생각나는 장소, 계절에 따라 그리워지는 장소, 그리고 상대방이 누구인지에 따라 꼭 데려가야 할 장소까지. 그래서 모든 장소가 소중한지도 모르겠다. 편하게 이야기를 하고 싶은데 자취방은 싫다는 친구에겐 다락방 같은 카페에 데려가고, 누군가가 날 바라보지 않았으면 하는 날엔 조명이 어둡고 테이블이 작은 카페를 찾는다. 비가 오는 날엔 어두운 카페에 사람이 붐비고 낙엽이 날리는 가을날엔 덕수궁 돌담길에 사람이 붐비듯이 장소마다 '붐비는 때'도 있다. 여기저기 장소마다 붐비는 때가 있다고 해도 단시간에 사람을 사로잡는 곳 중 제일은 새벽 시장. 계절, 시간에 상관없이 매일 그 시간만 되면 사람이 붐비는 곳이다. 다른 장소들이 꽤 오래 붐빈다면 어쩜 새벽 시장은 왠지 바짝, 잠깐 붐비고 또 한산해지는 느낌. 시장 앞에 '새벽'이 고유명사처럼 느껴지는 이유다.

"이 시간에 와야 싱싱한 것을 사죠." 새벽 시장에 갔던 날 여기저기서 들었던 소리다. 지금 이 시간이 막 바다에서 건진 것처럼 펄떡이는 생선과 과수원에서 이제 막 탈출한 과일들을 볼 수 있는 시간이란다. 나보다 더 기운이 넘칠 것 같은 생선과 피부가 고운 과일을 바라보는데 옆에서 인정 많은 할머니가 목청을 높인다. "어서 데려가요! 데려가!" 마치 지금이 아니면 다른 데로 과일이 도망가기라도 하듯이. 과일을 데리러 할머니에게 다가가 물었다. 연세도 지긋하신데 힘들지 않으신지. "요 몇 시간인데 뭐. 몇 시간만 힘들이고 나면 쉬어." 쌩쌩하게 대답하시는 할머니 모습에서 열중, 몰입이라는 단어가 보였다. 힘찬 생선과 싱싱한 과일이 할머니를 씩씩하게 만든 건지, 사람들이 사라지기 전에 과일을 팔아야 한다는 신념이 할머니를 굳세게 만든 건지. '새

벽'이 '아침'이 되는 순간, 붐비던 시장은 그냥 시장이 된다. 시장 앞에
'새벽'이라는 단어만 붙였을 뿐인데 느낌이 사뭇 달라지는 것이다.

몰입하는 시간이 있다는 건 중요한 일이다. 지금 이때를 아는 것, 이
때가 지나면 무언가가 지나간다는 것을 깨닫는 것이 왜 그렇게 어려
운지. 새벽 시장에서 만난 할머니에게서 몰입이라는 단어를 배웠다.

{ 새벽 시장에서 만난 His story}

"우리는 새벽 장사로 먹고살아요. 이때가 싸니까 사람들이 이 시간에 많이 오는데 싸게 많이 파는 게 좋아요. 이 일을 한 지 20년이 넘다 보니 새벽잠이 없어졌어요. 그래도 이때 아니면 못 벌어요. 짧게 벌고 길게 쉬는 게 낫지, 뭐. 집중하는 거예요. 한 시간에 하나 팔 것을 새벽에는 백 개 팔아요. 뭐든 때가 있는 것 같아요." **김봉석**(59세, 채소업)

새벽 시장은 말한다,

무언가에 몰입해본 적이 있나요? 사랑이든, 일이든,
인생이든…… 몰입이 거창한 것만은 아닙니다.
지금이 지나면 안타깝다는 것을 아는 것,
그것이 몰입입니다.

{ Epilogue }

어떤 곳이 좋을까, 어디를 갈까…… 소중한 사람이나 특별한 사람과 만났을 때 항상 하는 말이다. 그만큼 우리에게 장소란 꽤 의미가 있다. 그런데 막상 어디를 갈까 떠올리고 결국 가게 되는 곳들은 그리 특별한 공간들이 아니다. 샌드위치를 만들어 근처 호수공원에 가거나, 차를 마시러 카페에 들어가거나, 목적 없이 길을 계속 걷거나……. 소중한 사람과 만나는 곳은 분명 특별한 장소이다. 카페에서 그 사람과 나눈 이야기, 놀이공원에서 그 사람과 만든 추억들이 사랑스러워 그 특별함을 생각하지 못한 것일 뿐. 추억, 이야기가 있다면 평범한 곳도 최고의 장소가 된다.

꽃집, 우체국, 옥상, 모두 우리에게 너무나 친근한 공간이다. 용도가 있는 공간들이라고만 생각했던 그곳들에서 '용도'보다 '의미'를 느끼기 시작하면서 이야기가 시작됐고, 그 의미를 오롯이 느끼려고 하니 이야기가 끝났다. 나의 이야기는 여기에서 끝나지만 이제부턴 당신의 이야기가 시작될 것이다. 당신이 그 사람과 있는 공간에서…….